불안해서
오늘도 버렸습니다

문보영 지음

오늘도 버렸습니다
불안해서

whale books

불안을 할부하세요

태국 여행을 갔을 때였다. 빠이의 야시장을 둘러보다가 어느
덧 깜깜한 밤이 되었다. 작은 마을인 빠이에는 택시나 버스가 드
물어 오토바이를 타거나 숙소의 픽업 서비스를 사용해야 한다.
숙소로 돌아가려는데 카운터와 연락이 닿질 않았다. 밤 열 시가
넘은 시각이었다. 시끌벅적하고 현란한 야시장을 나서자 어둡
고 구불구불한 산길이 펼쳐졌다. 걸어도 걸어도 어둠이었다. 조
금 걷다 보니 10미터 간격으로 로컬 식당이나 호스텔이 있었는
데, 그 사이는 너무 어두워서 뛰지 않으면 안 되었다. 나는 머릿

속에서 숙소를 지우고 목표물을 변경했다. '이 식당에서 저 식당까지 가는 거야' 하고 생각하니 공포가 조금 누그러졌다. 식당에 도착하자 10미터 앞에 보이는 호스텔(내가 묵는 호스텔은 아니었다)을 향해 뛰며 "식당에서 밥을 먹고 내가 묵는 호스텔로 돌아간다고 생각하면 쉽지" 하고 중얼거렸다. 일종의 '거리 할부' 같은 것인데 야시장에서 숙소까지의 무서운 밤거리를 분할하며 걷는 방법이다. 목표가 아득할 땐, 눈앞의 작은 목표를 만들고 차근차근 하나씩 해결하다 보면 어느새 목표에 도달해 있을 거라고 들은 바 있다. 목표를 까먹는 방식으로 얼렁뚱땅 목표에 도달하는 것을 노리는 인생 전략인 셈이다. 이처럼 불안도 어둠도 할부하며 걸으면 좋다.

　그러나 '기승고결'이라는 말이 있듯 10분이 걸리든, 네 시간이 걸리든 한 달이 걸리든, 고비는 늘 사분의 삼 지점에서 나를 기다린다. 정신에 각인된 '기-승-전-결'이라는 생체 리듬 탓에, '전'이 올 자리에 고비가 놓이곤 한다. 치앙마이에서 762개의 고개를 건너 빠이에 갈 때도, 고비는 두 시간 반이 지난 즈음에 나타나 정신을 두들긴 후 세 시간에 접어들자 수그러졌다. 시간의 분량과 관계없이 나의 뇌가 '이쯤이면 고비가 올 거야…' 하며 자체적으로 고비를 만들어 내는 것이다. '왜 이렇게 행복하지…? 수상해…. 이쯤에서 망할 때가 된 것 같은데…?' 하며 예상보다 긴 행복에 어쩔 줄 몰라 할 때, 여지없이 고비나 사고가 방문하여 삶을 아작내는 것처럼. 어쩌면 나는 사실 고비를 친숙해하고, 그것이 없으면 불안해하는지도 모른다. DNA 속에 고비를 감지하는 능력 그리고 그것을 제작하는 능력이 내장되어 있기 때문일까? 결국 삶은 고비를 끊임없이 끌어들이고 심하게 말하면 초대하려는 본능이 있는지도 모른다.

어두운 길을 여러 번 나누어 걸었더니 어느덧 숙소에 도착했다. 그런데 나는 어두운 밤길이 아닌 대낮에도 불안을 느낀다. 나는 시도 때도 없이 불안하다. 시험이나 마감 혹은 인간관계 때문에 불안하기도 하지만, 불안이 없을 때는 아무 일이 없으니 곧 무슨 일이 벌어질 것 같아서 불안하다. 어떻게 해서든 불안하다는 점에서 나는 '선천적 불안인'인지도 모른다. 내가 불안하지 않은 순간은 오직 글을 쓸 때와 무언가를 관찰할 때뿐이다.

내 책상에는 수십 장의 정사각형 메모지가 뒹굴고 있다. 메모지에 할 일을 적기도 하고, 시의 단상, 소설에 쓰고 싶은 이야기, 혹은 무의미한 낙서를 끄적이기도 한다. 채택된 메모는 쓰레기가 된다. 아니, 시가 되고, 소설이 되고, 산문이 된다. 버려졌기 때문에. 그러니 버려진다는 것은 다른 무언가가 된다는 의미이기도 하다. 많이 버릴수록 살아남은 메모가 많다는 뜻이고, 많이 쓴 날 쓰레기통은 꽉 찬다. 그래서 글을 쓸 때, 옆에 쓰레기통이 없으면 왠지 불안하고, 쓰레기통이 있어야 심리적 안정감을 느낀다. 쓰레기통은 내 글쓰기의 양을 가늠할 수 있는 물리적 척도이자 나의 애장품이므로 아무도 함부로 나의 쓰레기통을 건들거나 탐내지 않으며 공유하려 들지 않는다. 쓰레기통은 나의 글쓰기 스승이고 정신적 지주다.

내가 책상에서 하는 짓이란, 글의 씨앗인 작은 메모를 넓은 공책에 옮겨 심고 기다리는 일이다. 이때 나는 불안을 알처럼 품어 기른다. 글쓰기는 불안과의 친교이므로. 이 일련의 과정에서 가장 재미있는 부분은 채택된 메모를 한 손으로 구겨 쓰레기통에 버리는 순간이다. 버리는 순간의 쾌감은 한 손으로 달걀을 깰 때의 느낌과 비슷하다. 메모를 구겨(구김에도 그것만의 아름다움이 있다) 쓰레기통에 톡, 하고 던지는 순간이 통쾌하다.

어느 날, 실수로 버린 메모를 찾기 위해 쓰레기통을 뒤지고 있었는데(나는 쓰레기통을 잘 뒤진다) 버려진 물건들의 얼굴을 보게 되었다. 하루 동안 내가 버린 양은 생각보다 많았다. 버렸는지도 모르고 버린 것들이 대부분이었다. 무언가를 버릴 때 내가 이렇게 가차없었나. 버린 물건들은 다시 만날 일이 없는 것들이었다. 그러니 사진이라도 찍으면 영혼의 1퍼센트 정도는 간직할 수 있지 않을까? 하는 생각이 들었다. 그리고 만일 그 물건에 관해 일기를 쓴다면? 1퍼센트의 영혼을 더 간직하게 될 수도. 도합 2퍼센트를 더 기억하게 될 것이다. 그래서 내가 버린 것들, 버리고 떠나온 것들을 촬영하고 일기를 썼다. 그것은 버린 물건에 관한 애도이기도 했지만 두 번째 헤어짐, 재이별 즉 제대로 헤어지기였다. 버린 물건이 글이 되었다는 점에서 그것은 재활용이기도 했다. 버려진 물건은 쓰임이나 실용성, 기능을 잃은 경우가 대부분이다. 실용성을 잃자 날것 그대로의 물건이 남았고, 쓰임에 가려져 있던 물건의 또 다른 면이 보였다. 이것은 두 번째 만남이기도 했다. 어쩌면 무언가와 두 번째로 헤어질 때야말로 제대로 만나게 되는지도 모른다. 다시 사랑하기. 애도는 재사랑이기 때문인가. 제대로 헤어지기 위해서는 제대로 만나야 한다. 버린 물건은 글이 되어 마지막으로 다시 한번 살게 되었다. 일기는 늘 그랬다. 죽었던 나를 다시 살게 하고, 버려진 물건이 다시 나타나게 한다는 점에서 글쓰기란 아름다운 재활용인지도 모른다. 쓰레기에 관한 일기를 쓰면서 내가 알게 된 작은 사실은, 살아있는 한 버린다는 것이다. 죽으면 더 이상 버리지 않는다. 살아 있다는 건 쓰레기가 나온다는 것이므로. 그러니 버린 물건에 관한 일기는 살아있는 나 자신 그리고 삶에 관한 관찰이기도 하다.

삶의 무게가 버거울 때, 무언가를 하나씩 버려보는 건 어떨까. 버린 만큼 기억의 무게도, 슬픔의 무게도, 짊어져야 할 삶의 무게도 조금은 덜 수 있을 것이다. 버리지 못해 붙잡고 있던 것들을 막상 버리고 나면, 내가 그것 없이도 살아갈 수 있다는 사실을 우연히 깨닫게 된다. 일명 '버리면서 불안 다이어트하기'. 버린 만큼 나쁜 기억과 자잘한 불안은 휘발될 것이다. 나쁜 기억은 맥주 한 캔처럼 마셔 오줌으로 배출하고 좋은 기억은 홍차처럼 오래오래 우려 마시길. 이 책을 읽는 분들이 무언가를 버린 만큼, 그 안을 새로운 행복으로 채웠으면 좋겠다. 새 불안은 새 쓰레기통에!

1부

사라지지 않는 것들과의 싸움

사라지지 않는 것들과의 싸움

"오늘 버린 것은 아이스팩이다."

반찬을 주문했다. 배송된 박스 안에는 반찬의 신선도를 유지하기 위한 아이스팩이 들어있었다. 이 아이스팩의 내용물은 드라이아이스나 고흡수성 수지인 젤이 아니라 얼음이다. 그래서 포장지 겉면에 '100% WATER'라고 적혀있다. '나는 백 퍼센트

퓨어한 물이다.' 이 문장의 첫 번째 의미는 '나는 무해합니다'일 것이다. 그리고 두 번째 의미는 '나는 그냥 버리면 됩니다'이다. 드라이아이스나 젤과 차별되는 물의 장점은 버리는 방법을 모두가 알고 있다는 점이다. 두 문장을 합치면 '나는 버려질 때 당신을 귀찮게 하지도 않을뿐더러 다치게 하지도 않습니다' 정도가 될 것이다.

그날 버린 것을 관찰하는 글을 쓰면서, 내게 쓰레기는 두 종류로 나뉘게 되었다. 버리는 과정이 순탄한 쓰레기와 그렇지 못한 쓰레기. 생각해 보면 물건을 살 때 그것을 버리는 방법을 배우지 않는 게 이상하다. 하지만 역으로 물건을 살 때 "어떻게 버려요?" 하고 묻는 것도 이상할 것이다. 그런 질문은 왠지 물건에 대한 예의가 아닌 것 같다. 누군가와의 첫 만남에서 "당신을 버릴 땐 어떻게 버려요?" 하고 묻는 게 이상한 것처럼. 만날 때 헤어지는 순간을 계산에 넣지 않는 것처럼. 나는 버리는 방법을 잘 알지도 못하면서 일단 사고 본다. 그리고 버려야 하는 순간이 닥쳤을 때 검색한다. '○○○ 버리는 법.' 그제야 나는 대상에 대해 아는 게 아무것도 없었다는 사실을 깨닫는다. 무언가를 잘 버리려면 그것의 특성과 성격을 잘 이해해야 한다.

그럼 드라이아이스나 젤 아이스팩은 어떻게 버려야 할까. 아이스팩의 돌 얼음은 싱크대에 던져두었더니 스스로 사라졌다. 이런 쓰레기는 방치가 답이다. 외면한 채 뒤돌아 있으면 어느새 사라져 있다(이 대목에서 왜 갑자기 올라프가 떠오르는지 모르겠다). 얼음은 사라질 때 나의 도움을 구하지 않는다. 혼자서도 잘한다. 섭섭할 지경이다. 반면 젤은 스스로 사라지지 않으므로 조치가 필요하다. "이런 건 버려본 적이 없어서…." 나는 투덜거린다. 그건 버림받는 입장에서도 마찬가지일 것이다. "나도 사라져본 적이 없어…." '왜 안 사라지는 거냐! 얼음을 본받을 수는 없는 거냐!' 돌이켜보면 살아온 대부분의 시간은 사라지지 않는 것들과의 싸움이었던 것 같다.

버리는 방법을 잘 모를 땐 쓰레기를 더 붙들고 있어본다. 버리는 방법을 검색해 본다. 무조건 나온다. 'ㅇㅇㅇ 버리는 법.' 무조건 나온다는 게 왠지 부조리하고 슬프다. 어떤 물건은 검색창에 적기만 해도 버리는 방법이 '자동 완성'되어 뜨기도 한다. 검색창에 내 이름을 적었는데 연관 검색어에 버리는 법이 뜨면 뭔가 잘못된 기분이 들 것 같다.

Q 이거 어떻게 버려야 하나요? 빨리여!

싱크대에 놔두었는데 세 시간이 지나도 안 사라져요.
그대로예요!

A **소금쟁이 님 답변**

1개   소금을 섞어보세요. 버리는 형태가 되어 물처럼 사라
질 거예요. (껍질은 비닐류로ㄱㄱ)

    └ 위에 답변한 분 문보영이 뭔지 알고 하는 소리이
신지…. 그냥 상온에 냅두면 날아갑니다. 신경 끄
면 사라져요. 승화성 물질이에요.

    젤 아이스팩은 내용물은 햇볕에 말려 일반 쓰레기통에, 포장
지는 비닐로 분리해서 버리면 된다. 그러면 내가 제일 싫어하는
쓰레기는? 버리다 다치는 쓰레기다. 드라이아이스가 한 예다.
잘못하면 동상에 걸릴 수도 있다. 아이스니까 뜨거운 물을 부으
면 사라지겠지 생각하면 오산이다. 드라이아이스는 영하 79도
이하에서 기화한다(그럼 이름을 아이스라고 짓지 말지…). 드라이
아이스를 냉동고에 넣으면 감쪽같이 사라지는 마법을 경험할
수 있다. 그러니까 드라이아이스를 버리는 법은 아이러니하게
도 냉장고에 넣어두기다. 그런데 드라이아이스는 기화할 때 이

산화탄소를 방출하기 때문에 함께 놔둔 주변 음식에 좋지 않다. 사라질 때 자신의 영혼을 친구들에게 묻히고 죽는 것이다(진정한 쓰레기다).

드라이아이스가 위험하다는 것은 누구나 안다. 그것을 맨손으로 잡으면 안 된다는 사실도. 드라이아이스는 기체로 변할 때 엄청난 열을 방출하기 때문에 조심해야 한다. 얼음이라고 생각해서 뜨거운 물을 부으면 폭발할 수도 있다. 버리는 것도 슬픈 마당에 다치기까지 하면 억울할 것이다. 버리는 방법을 잘 몰라서 다친다니. 뭔가를 잘 버리려면 상대방을 잘 이해하고 잘 달래야 한다. 드라이아이스를 버리는 방법은 상온에 두기, 변기에 버리기 등이 있다.

어떻게 버려야 할지 모르겠는 쓰레기보다 더 애정하는 쓰레기는 버려질 때 항의하는 쓰레기다. 가령 가구 같은 거. 세상에서 제일 귀찮은 게 생활문화지원실에 딱지를 받으러 가는 일이다. 버려야 하는 의자나 소파는 '나는 쉽게 버려질 의향이 없음'의 얼굴을 하고 있다. 사는 건 쉬운데 버리는 건 어렵다. '입학은 쉬워도 졸업은 어려울 것이다'라고 경고하는 듯하다. 차일피

일 미루다가 결국 안 버릴 때도 있다. 계속 같이 살게 된다. 버리는 과정이 너무 번거로워서 수명을 연장하는 것이다.

　오늘의 쓰레기는 쉽게 떠났다. 아이스팩은 '혼자서도 잘해요' 부류의 쓰레기다. 요즘엔 환경을 고려해 드라이아이스나 젤팩 대신 생수통을 냉매로 사용하는 식품 배송 사이트도 있다. 얼음 생수는 녹여서 마시면 되니까 실용적이기까지 하다. 그러니까 어떤 쓰레기를 버리는 방법은 그것을 먹음으로써 한몸이 되는 것이다. 쓰레기와의 합체가 답이다.

난 네가 고형물이라서 좋아

"오늘 버린 것은 부라보콘 껍데기다."

나는 부라보콘으로 오늘의 운세를 점치는 버릇이 있다. 부라
보콘의 꼭지 부분에는 초콜릿이 있는데, 꼭지 부분이 부서지거
나 포장지에 붙는 바람에 마지막 부분을 먹지 못하는 경우가 있
다. 그런 날은 운수가 꼬인 날이다. 반대의 경우는 운수가 좋은

날이다. 엊그제 본 인터넷 사주에는 "문보영님은 낙천적이고 희망을 잃지 않는 장점을 갖고 있습니다"라는 구절이 있었다. '낙천적'이라는 단어 때문에 이 구절을 일기장 첫 페이지에 크게 적었다. 여태껏 과거와 친하게 지냈는데 이제는 다르게 살고 싶기 때문이다.

나는 과거를 잘 흘려보낼 줄 모르며 과거 때문에 괴로워하고, 과거에서 뽕 뽑아 글을 쓰며, 과거와 권투를 하다가 뻗는 머저리다. 그래서 이제는 잘 버리는 인간이 되고 싶다. 버리는 것을 좋아하는 사람, 버리기에 재능이 있는 사람, 과거를 건강하게 배웅할 줄 아는 사람. 그래서 나에게 '낙천적'이라는 단어는 미래를 긍정적으로 내다본다는 의미보다는 '지나간 일들을 너무 자세하고 폭력적으로 돌아보지 않는 것, 지나간 것들이 흐릿해지도록 돕고 묵묵히 앞을 보는 것'에 가깝다. 나는 이제 변하고 싶은 것이다.

인터넷 사주에서는 내가 '현실적인 삶을 살 때 이따금 별로 소용없거나 의미 없는 것을 주장할 수도 있다'라고 했다. 뜨끔했다. 별 소용없거나 의미 없는 것을 주장하는 인간이 시인인 것 같아서. 내가 하루 동안 무얼 버렸는지 확인하려고, 오밤중에 쓰레기통을 뒤져보는 내 모습도 마찬가지다.

산책을 하고 돌아오는 길에 부라보콘을 사먹었다. 나는 아이스크림을 좋아하지만 사는 것은 별로 좋아하지 않는다. 장 볼 때 아이스크림을 사면 마음이 급해지기 때문이다. 녹기 전에 도착해야 해서 조급하다. 도착해서도 얼른 냉장고를 열어 아이스크림부터 넣어야 안심이 된다. 그런 조급함이 싫어서 장 볼 때는 아이스크림을 잘 안 사게 된다. 아이스크림을 사면 걸을 때 여유가 사라진다. 지인을 만날 때 아이스크림 가게에 잘 안 가는 이유는 아이스크림이 너무 빨리 사라져서 상대방과 같이 있을 핑곗거리를 상실하기 때문이다. 누군가를 만나서 카페를 가는 이유는 그 사람과 더 오래 있고 싶기 때문이고 만약 빨리 자리를 뜨고 싶으면 커피를 들이켜 버리면 된다. 사라지는 속도를 내가 조절할 수 있다. 반면 아이스크림은 내 사정을 봐주지 않는다. 제멋대로 사라진다. 제때 먹지 않으면 흘러내리면서 형체가 망가진다. 사라짐에 관한 결정권과 주도권이 나에게 없는 것이다. 나는 매번 사라짐을 당하는 입장이 되어야 한다.

예전에 여행을 간 친구가 내게 "기념품으로 뭘 사다줄까?" 하고 물었다. 난 고형물을 사다달라고 말했다. 두고두고 보고 싶기 때문이다. 나는 친구가 먹는 걸 사오지 않았으면 했다. 사라지는 게 싫어서 그랬다. 나는 사라짐에 예민한 머저리니까. 고형물이라고 말한 게 웃겨서 한동안 친구가 묻는 질문에 죄다 "고형물"이라고 대답하곤 했다.

"넌 내가 왜 좋아?"
"네가 고형물이라서!"

그리고 지금 나는 사라진 아이스크림을 감쌌던 포장지를 사진으로 찍고 있다. 뭔가가 사라진 마지막 모습을 사진에 담는 일을 즐기게 되면 좋을 것이다. 아침에는 비둘기가 우리 집 베란다에 똥을 싸고 간다. 똥을 싸면서 사랑을 꿈꾸는지 하트 모양 똥을 쌀 때가 있다. 재료가 똥인 사랑이다. 그러나 다음날 보면 똥은 온데간데없다. 빗물에 씻긴 건지 자국도 없다. 똥인 주제에 감쪽같이 사라진 것이다.

환승 바지

"오늘 버린 것은 고무줄 바지다."

잠이 달아서 불안했다. 삶에서 달콤한 게 잠뿐이라면 문제가
된다. 삶에 위기가 닥치면 나는 갑각류처럼 잠 속으로 들어간
다. 고무줄이 다 늘어난 편한 바지를 입고 푹 잤다. 침대에서 일
어나 화장실로 가는데 바지가 벗겨졌다. 거실에 있던 엄마와 오

빠가 고개를 숙였다. 고무줄이 늘어나서 한쪽을 고무줄로 묶고 잤는데 자다가 풀린 모양이었다. 허리가 늘어난 바지를 왜 안 버릴까? 너무 편하기 때문이다. 안타깝게도 이제는 고무줄이 아주 늘어나 버렸다. 하지만 '이젠 놓아주자… 이젠 버리자…' 하고 생각할 때마다 '이런 바지는 다시 구하기 어려울 거야' 미루게 된다. 갈아탈 '환승 바지'가 나타나기 전까지만 입을 요량으로 버티는데, 막상 좋은 바지를 봐도 당장은 입을 바지가 있으니까 안 사게 된다. 이러다가 대로변에서 바지가 벗겨져 봐야 정신을 차릴 것이다.

가장 좋은 옷은 안 입은 것 같은 옷이다. 이 바지가 그런 바지다. 입었는지 모르겠는 옷. 조용한 옷. 자신의 존재감을 죽이는 옷. 반대로 내가 힘들어 하는 옷은 입었다는 사실을 매 순간 자각하게 하는 옷이다. 가령 무거운 옷이나 불편한 옷. 그런 옷은 '내가 옷을 입고 있구나' 생각하게 만든다. 시시각각 자신의 존재를 알려오는 옷. 자의식이 강한 옷. 그런데 이 바지는 입어도 입은 것 같지 않아서 벗겨져도 벗겨진 것 같지가 않고, 그래서 위험하고, 그렇지만 물속처럼 편안하다. 쉽게 버릴 수 없다.

그나저나 옷은 왜 입을까? 아주 오래전부터 궁금했다. 왜 입지? 다 같이 동의하면 안 입어도 되지 않을까? 나는 가끔 이런 상상을 한다. 자식을 낳았는데 내 자식이 옷을 거부하는 상상. "난 옷 입기를 거부한다!"라고 외치는 애를 낳으면 어떡하지? 그게 걱정돼서 애를 낳기 두렵다. 내 자식이 옷을 안 입고 세상을 활보할까 걱정돼서가 아니라, 내가 아이의 생각에 동조할까봐 그렇다. 나는 아이의 생각을 말릴 자신이 없다. 왜냐하면… 옷을 입지 않겠다는 주장은 꽤 그럴싸하기 때문이다. 나는 대학생 시절 교생 실습을 하면서 교사의 꿈을 접었다. 좋은 교사가 되기에 나는 아이들의 말에 너무 쉽게 휘둘린다. 예를 들면 이런 식이다.

어느 시인의 교실 풍경

문 교사: 애들아! 숙제 또 안 했니? 숙제 안 하면 돼? 안 돼?

학생: 돼요

문 교사: 그래… 안 될 건 없지….

학생: 숙제 같은 건 없어져야 해요

문 교사: 그래, 숙제는 안 해야지! 숙제를 왜 해? 숙제를 안 해야 영웅이 될 수 있어!

나는 교사가 될 자질이 부족했다. 나는 옷 없이 살아가는 인생을 택한 내 상상 속 자식에게 옷은 입어야 한다고, 설득하고 달래고 회유할 수 있는 종류의 위인이 못 된다. 옷을 입지 않겠다는 세계관에 딴지를 걸고 싶지 않다. 오히려 그런 인생을 지지하고 이해해 버리는 것으로 자식의 인생을 망치는 부모가 되겠지(내 자식은 발가벗은 채 거리를 활보하다가 구치소로 끌려가거나 급진주의자로 몰리거나 이상한 사람으로 오해받은 채 생을 마감할 것이다).

고무줄이 늘어난 바지를 입고 누워 이상한 상상을 하는데 친구에게서 전화가 왔다. 친구는 내게 부탁을 하나 했다. 자신을 위해 떠난 애인에게 편지를 써달라는 부탁이었다. 그래서 벗겨지기 직전의 바지를 입고 친구를 대신해 편지를 썼다. 내 친구가 현재 매우 아프며, 마지막으로 할 말이 있다고 하니 좀 돌아와 달라는 내용의 편지였다. 친구들은 작가인 나를 종종 이런 식으로 사용한다. 작가가 쓰면 뭔가 다를 거라고 생각하는 것이다. 과연 글이 좀 잘 써졌고 친구도 만족스러워 했다.

친구를 위해 쓴 편지가 친구의 기분을 조금이라도 밝게 해주었으면 좋겠다. 나는 나의 친구들이 행복했으면 좋겠다. 그렇지만 친구들에게 행복하라고 부추기고 싶진 않다. 우울증을 앓는 사람에게, 그 사람이 삶에 감사해야 할 이유를 나열하고 상기시키는 것은 도움이 안 된다. 행복한 일이 벌어지지 않아서 문제인 게 아니라, 행복한 일이 영향력을 상실했다는 점이 문제이기 때문이다. 행복은 계속 흘러들어 오는데 그것을 받아들이는 수도관에 문제가 생긴 것이다. 전문 용어로 '기분 부전' 이라 부른다. 어떠한 행복으로도 들뜨지 않는 상태. 막혀 있는 상태.

오늘도 버리지 못한 바지를 입고 침대에 누웠다. 바지를 입었다는 느낌보다는 이불처럼 덮은 기분이다. 촉감도 훌륭하다. 그런데 새벽 네 시경에 나는 침대에서 벌떡 일어나 바지를 벗어던졌다. 이 바지를 버려야 새 바지가 필요해 질 것이고, 절실한 상태에 놓여야 좋은 바지를 만났을 때 붙잡을 수 있을 것이기 때문에.

바지 환승을 위해 오래된 바지를 버렸다.

희망 꼴통 생존기

"오늘 버린 것은 나의 글이다."

며칠 전 친구가 어떤 방송에서 이런 것을 봤다고 했다. 작곡하는 뮤지션의 모습을 담은 영상이었다. 그는 피아노로 곡을 만들며 중얼거렸다. "아아. 지금 대중과 가까워지고 있습니다." 그러다가 다른 멜로디에서는 "아아. 지금은 대중과 멀어지고 있습니다"라고. 대중과의 거리를 조율하며 곡을 쓰고 있었던 것이다. 친구는 나도 시를 쓸 때 그러냐고 물었는데, 문득 한 낭독회에서 받은 질문이 생각났다. 맨 뒷줄에 앉은 한 분이 손을 들고 물었다. "시를 쓸 때 대중은 고려하지 않습니까?" 그때 나는 답을 찾지 못해 몇 초간 침묵에 빠졌다. 나는 질문에 무례하게 답하고 싶지 않았다. 다만 그 질문은 내가 평생 지병처럼 달고 살아야 할 무엇인 것 같았다.

이따금 마감한 원고에 대한 수정 요청이 들어올 때가 있다. 읽는 대상이 대중으로 상정된 일간지나 잡지에서 몇 번 그런 적이 있는데, 기자와 편집자가 요청하는 수정 포인트는 대략 두 가지로 추릴 수 있다.

1) 대중이 알아들을 수 있도록 쉽게 써주실 수 있나요?
2) 결론을 긍정적으로 수정해 주실 수 있나요?

나는 이것을 '희망 부가 서비스 요청'이라고 부른다. 어떤 신문에서 새해를 기념하는 글을 써달라는 청탁을 받아 글을 썼는데, 담당 기자로부터 수정 요청 이메일을 받았다. 신년 덕담스럽지 못하다는 피드백이었다. '신년 덕담스러운 글… 신년스러운… 신년… 신념… 신념스러운….' (신년과 신념이 문득 반의어처럼 느껴지는 건 왜일까?) 편집자의 입장에서도 수정을 요청하는 일이 쉬운 일이 아니라는 것을 알기에 내 글을 다시 읽어보았다.

문 모 시인의 신년 덕담

"앞으로의 계획 대신 뒤로의 계획만 많은 것 같습니다. 앞으로의 꿈은 없고 지난 꿈만 많습니다. 잘 지나가지 않는 것, 소화되지 못한 것, 끝났지만 끝나지 않은 것들을 다시 끄집어내고 들추는 것이 저에겐 글쓰기인 것 같습니다. 더 성실히 뒷걸음질 치고 싶습니다. 뒤로 걷다 보면 지나간 사람들을 등으로 만나게 될 것입니다. 비로소 '어, 너 거기 있었니?' 하고 인사를 건네게 될 것입니다. 이번 해에도 작년과 같이, 이미 끝난 것들을 다시 끝내러 가려고 합니다. 늘 올해를 두 번씩 삽니다. 다 살아내지 못한 작년이

나 재작년들만 수북합니다. 그것을 끌어다 올해에 다시 삽니다. 밀린 숙제처럼 작년에 미처 그리워하지 못한 이들을 그리워하고 아직 다 미워하지 못한 나를 다시 미워합니다. 새해에는 모두가 아프지 않았으면 좋겠습니다. 우리 모두가 작년을 많이 그리워하고 애정하기를 빕니다."

"앞으로 가야 하는 사람들에게 뒤로 가라고 하는 건 좀…." 기자는 조심스럽게 입을 열었다. 나는 다시 침묵에 빠졌고, 내가 아닌 나로 빙의해 글을 써야 한다는 부담을 느꼈다. 그러나 내가 나로 존재하는 게 무조건 좋은 일인가, 하는 의구심이 들기도 했다. 어쩌면 나는 기자에게 이렇게 말해야 했는지도 모른다. "내가 너무 나여서 죄송합니다."

아니면 이렇게 말해야 했는지도 모른다. "그럼… 혹시 삽과 원고료를 주실 수 있나요? 희망은 돈이 들고, 격한 노동이 필요하니까요. 아시다시피 희망에는 약간의 삽질이 필요하잖아요. 눈에 잘 보이지 않는 것으로 보아 희망은 땅속에 있는 것으로 추정…되고…있…씁…니…", "띠~" 전화가 끊긴다.

나에게 과거는 지나가는 것이 아니라 다가오는 것이라 그렇게 썼다. 나는 안갯속 대중과의 거리를 생각하며 펜을 굴렸다. '대중과 가까워 보자. 희망을 불어넣어 글을 써보자….' 희망을 급조하느라 억지 글이 되었다. 나는 희망 꼴통인가 보다. 어떤 글은 희망 최소 함유량을 충족시키지 못해 지면에서 중도 탈락되기도 한다. 신년에는 좋은 일만 일어날 것입니다! 내가 뭔데 사람들에게 희망을 확신할 수 있을까.

이러한 '희망사항' 혹은 '희망 요청'은 다양한 방식으로 변주된다. 가령 어떤 글을 썼을 때 "그래서 결론이 무엇이죠?" 혹은 "그래서 주제가 뭐지요?"와 같은 질문을 받을 때가 있다. 사람들은 결론과 주제를 좋아한다. 학교에서 문학을 가르칠 때, 작품의 주제를 요약하고 파악하도록 가르치기 때문이다. 자습서에는 네모난 지문 아래에 결론과 주제가 한 문장으로 요약되어 있다. 결론과 주제가 한 문장으로 요약되지 않는 글은 사람을 불안하게 만들기 때문이다. 그리고 우리가 배운 주제는 대부분 희망이나 낙관과 연결된다. '삶의 의미를 되찾는 여정', '시련을 딛고 다시 일어서는 이야기'. 그런데 왜 끝의 다양한 모습은 보여주지 않을까? 우리의 인생에서 희망이 하차할 때도 있다는 것을. 그럴 때야말로 어떻게 살아야 하는지 왜 가르쳐 주지 않을까. 왜 인생의 황당함에 대해서는 가르치지 않을까?

삶의 많은 시기를 희망에 의존하지 않고 사는 방법을 알고 싶어서 시를 쓰기 시작한 지도 모르겠다. 결론 없이 살아가는 법을 배우고 싶었다. 주제에 반항하는 인간이 되고 싶었다. 반주제주의자가 되는 것이다. 희망 꼴통으로 살아보는 것이다. 새해를 살면서 뒤로 가보는 것이다. 깔끔한 주제 없이 너저분하게 살아가는 것도 하나의 삶이라고 받아들이는 것이다. 인생에는 주제도 뭣도 없다고 받아들이는 용기를 갖는 것이다. 그것이야말로 내가 원하는 희망인지도 모르지. 자기 입에 풀칠하기도 어려운, 박박 긁어모은 보잘것없는 나의 희망. 그게 내가 생각하는 최선의 희망에 가깝다. 어쩌면 내게 글쓰기란 매일같이 희망 탈락을 경험하는 일인지도 모른다. 기준 미달인 희망. 기준 미달 희망 꼴통으로 살아남기. 희망 아닌 것을 희망이라 부를 때 희망을 발견할 수 있다고 우기는 희망 꼴통으로 살아가기.

왜 불행은 확실하고
행복은 불안할까

"오늘 버린 것은 롯데월드 입장권이다."

인력거(친구의 이름이다)와 롯데월드를 다녀왔다. 5년 전부터
계획해 온 일이다. 우리는 늘 롯데월드에 가고 싶었다. 그런데
미루다 보니 5년이 흘렀다. 그동안 못 간 이유는 할인을 받지
못할 것 같아서였다. 정가를 내고 롯데월드에 가는 인간은 바보

라고 들었다. 그래서 할인을 받고 입장해야 하는데, 일단 롯데월드 할인에 대해 검색하는 게 엄청나게 귀찮았다. 이 귀찮음을 이기는 데 5년이 걸렸다.

그런데 인력거가 할인이 되는 카드를 준비했다며 롯데월드에 가자고 했다. 행복했다. 행복해서 행복하다고 인력거를 만나서 육성으로 지껄였다. 배우 강하늘은 "현재 불행한 게 아니라면 일단은 행복한 것이다"라고 말했다. 그 말을 곱씹어 보니 문득 행복한 것 같았다. 작년과 재작년은 확실히 불행했고 불행할 만한 이유가 있었다. 그러나 지금은 별일이 없다. "별일이 없으니 행복한 거야!" 나는 외쳤다.

그런데 왠지 불안해….

인력거와 혜성특급 대기 줄에 서 있는 동안 나는 중얼거렸다. 요즘 연락이 뜸한 친구는 흡연구역(역시 친구의 이름)이다. 어제는 흡연구역에게 전화를 걸어 섭섭하다고 따졌다. 흡연구역이 요즘 연락을 잘 안 하는 이유는 내가 행복하기 때문이다. 그녀는 내가 행복할 때는 내버려 둔다. 행복한 사람에게 자신의 우울을 전염시키지 않으려고 배려하는 것이다. 그래도 나는 내가 행복할 때 누군가 내 옆에 있었으면 했다. 내가 행복할 때 내 행복에 발 좀 담갔으면 좋겠다고. 내 행복에 무임승차 좀 하면 좋겠다고. 반면 인력거는 연락이 늘었다. 이때다 하고, 내가 행복한 순간을 틈타 평소의 고민과 불평, 개소리와 헛소리를 늘어놓고 심지어 꺼이꺼이 운다. 개소리를 해도 마음의 여유가 있어서 내가 다 받아주기 때문에. 나의 행복을 취할 수 있는 사람은 장본인인 나도 아니고, 우리 엄마도 아니고, 내 돼지 인형 '말썽러'도 아니고 인력거였던 것이다.

혜성특급을 기다리는 동안, 애매한 관계에 놓인 사람과는 절대 놀이동산에 오면 안 되겠다는 생각이 들었다. 아무리 생각해도 놀이동산에 같이 올 수 있는 인간은 최측근밖엔 없다. 그 외의 인간과는 기다림을 공유할 수 없을 것 같기 때문이다. 기다리는 동안 상대방이 나를 지루해 할까 신경쓰느라 괴로울 것이다. 뭔가를 같이 기다려 본 사람이 다른 기다림도 함께 견뎌낼 수 있을 것이다. 혜성특급의 긴 줄을 기다리면서 상대방에게 미안해하지 않으려면 얼마나 친해야 하는 걸까?

우리는 기다리는 동안 에어팟을 나눠 끼고 음악을 들었다.

"행복해!"(별 이유는 없었다)

놀이동산의 해질녘이 너무 아름다웠다. 대기 줄 앞엔 자이로 드롭이 있는데, 사람들이 위로 올라갔다가 떨어지며 소리를 내지르고 있었고, 멀리 석촌호수가 보였으며, 우리가 듣고 있는 곡은 너무나 잔잔하고 아름다웠다.

"행복해!"

나는 다시 외쳤다. 나는 약간 발랑까지고 싶었다. 행복 앞에서 약간 배은망덕해지고 싶었다.

"왜 불행은 확실하고 행복은 불안할까?" 언젠가 흡연구역이 말했다. 나에겐 징크스가 두 개 있다. 하나는 아침에 딸기를 먹으면 그날 발목을 삐는 징크스고, 또 하나는 행복하면 다음 날 불행해지는 징크스다. 그래서 아침에 딸기를 먹으면 발목을 삘까 봐 걱정하고, 행복한 날에는 오지도 않은 불행에 미리 슬퍼

한다. 그런데 아무도 행복에 관해서는 자세히 모른다. 불행할 때 해야 하는 일, 우울할 때 해야 할 일들에 대해서는 많은 사람들이 떠들고 책도 쓰고 연구하지만, 행복한 순간에 관해서는 알려진 바가 적다. 행복할 때 어떻게 대처해야 하는지에 대해서는 정보를 공유하지 않는다. 현시점에서 행복에 관한 연구는 턱없이 부족한 실정이다. 행복할 때 정신과에 상담 받으러 가는 인간은 없는데, 있다면 아마 나일 것이다.

"선생님, 저 아주 오랜만에 행복합니다…. 이 행복을 지속할 수 있는 정신과 약을 주십쇼…."

혜성 특급을 탈 때 나는 인력거에게 손을 잡아달라고 했다. 인력거가 꽉 잡아줬다. 나는 비명을 내질렀다. "행복해애애애애!!!!"

나는 오랜만에 괴성을 질렀다. 혜성특급을 함께 탄 낯선 인간들에게 떠벌렸다. 난 지금 행복하다고. 많이 알리는 게 답 같았다. 그래야 나도 내가 행복한지 알기 때문에. 내가 행복하다는 소문을 나도 들을 필요가 있기 때문에. 경박하게 소리를 질

러댔다. 행복을 어떻게 다뤄야 하는지 모르지만, 행복 앞에서 예의를 차리는 것은 행복에 대한 예의가 아닌 것 같았다. 예의를 차린 것이 결국 행복을 도망가게 했던 것 같아서. 그 순간을 만끽하는 것, 잠시 경박해지는 것이 내가 아는 행복을 다루는 기술이었다.

본질 대화

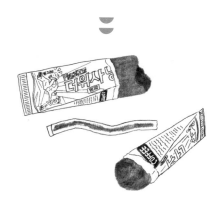

"오늘 친구가 버린 것은 더위 사냥이다."

어느 날 이런 일이 있었다. 어떤 사람과 식당에서 밥을 먹고 카페에 가서 재미있게 시간을 보냈다. 집에 가기 전, 그 사람이 볼일을 보러 갔다. 나는 화장실 앞에 있는 의자에 앉아 기다렸다. 5분이 지났다. 안 왔다. 10분이 지났다. 안 왔다. 슬슬 걱정이 되기 시작했다. 그리고 시간이 더 지나자 뭔가 잘못된 것 같았다. 나는 그 사람이 나를 두고 도망쳤다는 생각에 빠져들었다. 나는 망상에 자주 빠지곤 한다. 그런데 이런 종류의 망상에는 거의 올가미처럼 걸려든다. 15분 정도 지나자 그 사람이 나왔다. 이 일화에서 끄집어낼 수 있는 교훈. 상대방과 충분한 애착 관계를 형성하기 전에는 똥을 너무 오래 싸지 말자. 상대방을 불안의 구렁텅이로 몰아갈 수 있으므로.

왜 그 사람을 믿지 못했지? 나는 자문한다. "사랑하면 두려운 존재도 되니까." 인력거가 답한다. 성인이 된 이후, 타인과 믿음을 형성하는 과정도 양육자와 자녀 사이의 애착 형성과 크게 다르지 않다. 생후 3개월, 인간은 애착 형성 단계에 들어선다. 이때 엄마(양육자의 형태는 다양하나 대표로 엄마라는 호칭을 사용하겠다)가 사라져도 "엄마!" 하고 불렀을 때 짠, 하고 나타나는 경험이 누적되면, 아이는 엄마가 사라져도 크게 불안해하지 않는다. 엄마가 없어도 엄마는 어디에나 있다는 사실을 경험을 통해 학습했기 때문이다. 그래서 불안에 사로잡히는 대신, 아이는 혼자서 조금 더 먼 곳까지 가볼 수도 있고 여러 가지 모험을 할 수도 있다.

이 이야기는 내 친구 고래가 해준 이야기를 떠올리게 한다. 아주 어렸을 때 고래는 쓰레기를 주머니에 넣는 아이였다. 집을 나서는 고래에게 엄마가 더위사냥 반쪽을 줬다. 고래는 놀이터에 가면서 더위사냥을 먹었다. 그런데 고래는 다 먹은 더위사냥 껍데기를 쓰레기통에 버리는 대신 바지 주머니에 넣고 집에 가져왔다. 엄마가 준 더위사냥을 주머니에 넣고 있으면 엄마와 연결되어 있다고 느꼈기 때문이었다. 그러다 머리가 큰 고래는 엄마가 준 더위사냥을 다 먹고 습관적으로 주머니에 넣다가 문득 깨닫는다. '어, 쓰레기를 왜 주머니에 넣지?' 고래는 더위 사냥 포장지를 길가의 쓰레기통에 버렸다. 나는 어떤 사람과 관계를 형성하는 초기 단계에서 늘 삐거덕거린다. 두 개의 모형을 이어 붙일 때, 그 사이에 접착제를 바르고, 떨어지지 않도록 양손으로 붙잡고 있는 느낌이다. 이 순간은 조심스럽고 고요하며 밑바닥부터 고통스럽다.

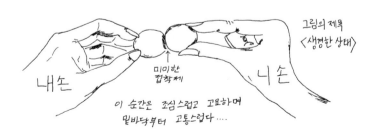

그림의 제목
〈생생한 상태〉

미미한
접착제

내손

니손

이 순간은 조심스럽고 고요하며
밑바닥부터 고통스럽다....

이 상태를 묘사하는 구절을 아모스 오즈의 《나의 미카엘》에서 발견했다.

"사실 이 시기에는 우리 사이에 일종의 불편한 타협 같은 것이 존재했다. 우리들은 마치 장거리 기차 여행에서 운명적으로 옆자리에 앉게 된 두 명의 여행자들 같았다. 서로에 대한 배려를 보여주어야 하고, 예절이라는 관습을 지켜야 하고, 서로에게 부담을 주거나 침해하지 않아야 하며, 서로 아는 자신들의 사이를 이용하려고 해서도 안 되는. 예절 바르고 이해심을 발휘해야 하고 어쩌면 가끔씩은 유쾌하고 피상적인 잡담으로 서로를 즐겁게 해주려고 해야 하고 아무런 요구도 하지 않으며, 때로는 절제된 동정심을 보이기도 하면서."

이렇게 배려만 하다가는 관계가 끝나버릴 수도 있다. 그리고 누군가 한 명은 이 순간을 깬다. "본질 대화를 해!" 인력거가 외친다. "그런데 보통 사람들은 술을 마셔야 그런 대화를 하잖아." 나는 주저한다. 대화를 하고 싶은데 비용의 문제가 발생하는 것이다. 그런데 돈이 없다. 돈이… 없다. "그럼 술을 안 마셔도 본질 대화를 하는 사람을 찾아. 네가 너무 너 자신인 채로 있어도 이상하게 생각하지 않는 사람과 대화를 해. 대화를 할 때 돈이 안 드는 사람을 만나. 인간이랑 대화하다가 재산 거덜 날 일 있냐." 인력거의 눈빛이 진해진다. "〈비포 선라이즈〉 같은 영화 좋아해 놓고, 본질 대화하는 실사판 인간만 보면 이물감을 느끼는 사람은 걸러." 인력거의 눈빛, 연해진다.

본질 대화 연습

인력거: 그 사람과 지금 나랑 말하듯이 해봐.

문 시인: 죽고 싶어, 그런데 살아 있어. 오늘도 죽지 말자.

인력거: 잘했어

문 시인: 그다음은?

인력거: 일단 포기를 해. 포기를 밑밥으로 깔아 놓으면 쉬워져. 그 상태에서 너 자신과 얘기한다고 생각하면서 말하면, 상대는 너의 말에서 스스로 자신을 발견하고는 자신의 말을 할 거야. 자 따라해 봐. 일기장처럼 말하다.

문 시인: 일기장처럼 말하다.

인력거: 방귀를 트듯 대화하다.

문 시인: 방귀를 트듯 대화하다.

나는 그 사람을 찾아가기 전에, 나에게 편지를 썼다.

목숨 걸고 대화를 걸어봐. '영혼의 벨튀 기법'을 믿어봐. 말을 걸고 싶은 사람에게 다가가 그 사람의 영혼 어딘가에 톡 튀어나온 벨을 누르고 토끼는 거야. 그리고 다시 가서 눌러. 그리고 다시 토껴. 그리고 다시 눌러. 토껴. 좌절은 한 세트야. 말을 걸어. 사랑하는 인간에게 너를 알려. 대화는 언제나 죽음 가까이에 있어. 아, 물론 잘 튀는 게 가장 중요해.

시작도 전에 끝나버린 관계들

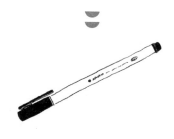

"오늘 버린 것은 펜이다"

필통에 검정 펜밖에 없어서 서랍을 열어 형광펜을 찾았다.
새 형광펜이 있어서 쓰려고 했는데 잉크가 바닥났다. 한 번도
쓰지 않았는데 죽은 것이다. 이 펜을 어디에서 났는지도 기억이
나지 않는다. 그런데 줄곧 여기에 있었고 자기 차례를 기다리는

동안 잉크가 말라버렸다. 기다리는 것만으로도 닳을 수 있는 것이다.

방치에 대한 복수인가? 펜은 기다리는 동안 내면을 다 비워버렸다. 찾아갔을 땐 이미 늦었다. "시작도 하기 전에 끝났군" 나는 중얼거렸다. 익숙한 감정인걸? 내가 겪은 행복은 순간적이었고 휘발성이 강했다. 행복은 늘 그런 식이었다. 무언가 행복이라는 사실을 어렴풋이 자각하는 순간 시냇물에 빠뜨려 잃어버리곤 했다. 어떤 행복은 다른 사건에 의해 망쳐졌고, 어떤 행복은 제3자에 의해 망쳐졌으며, 어떤 행복은 기다림에 의해 손상되었다. 이것이 행복에 대한 나의 인상이다.

기다림에 의해 망하는 사랑. 시작도 하기 전에 서로가 서로를 기다리게 하다가 망한 사랑이 문득 떠올랐다. 펜 이야기를 인력거에게 들려주니 인력거가 기다림에 대한 반응 차트를 보여주었다. "기다림 실험이라고 들어는 봤나?" 인력거가 말했다. "그게 뭐야?", "기다림이 사람을 어떻게 바꿔놓는지에 관한 테스트." 인력거가 자몽 에이드를 마시며 눈을 빛냈다.

인력거는 피아노 학원에서 아르바이트를 했다. 6개월간 일하다 어느 날 갑자기 관뒀다. 정이 든 아이들에게 인사도 하지 않고 사라진 것이다. 그리고 한 달 뒤 다시 나타났다. 아이들은 인력거를 기다렸을 것이다. 다시 나타난 인력거를 대하는 태도에 따라 아이들은 다음과 같이 나뉜다.

1. 반기는 유형

'넌 말도 없이 날 버렸지만, 다시 보니 너무 기뻐!'라는 태도로 상대방이 돌아온 사실을 기쁘게 받아들이는 유형. "어 선생님, 다시 오셨네요!" 하고 알아봄을 선점하는 것으로 상대방의 미소를 이끌어 낸다. 상대방의 죄를 용서하고 건강하게 다시 애정을 요구한다.

2. (기억 상실에 기반한) 자기소개형

'넌 말도 없이 날 버렸으므로, 난 널 다 잊었다'라는 태도로 일관하는 유형. "안녕하세요. 새로 오신 선생님인가요? 제 이름은 김박수입니다"라고 자기소개를 한다. 상대방에게 냉소를 끼얹는 것으로 죄책감을 심어준다. 기다렸다는 사실을 은폐할 정도로 자존심이 센 유형이므로 다시 받아 줄지는 두고 봐야 한다. 고차원적인 보복형.

3. 자기 집중형

애초에 관심이 없는 유형. 피아노에만 관심이 있는 학생으로, 선생님의 애정 따위에 흔들리지 않는다. 마치 어제 만난 것처럼 행동한다. 기다리지 않았으므로 오랜만이라는 느낌도 없다. 상대방에게 관심이 없는 무결핍형 인간으로 생산성을 중시하는 피아니스트 꿈나무.

4. 노려보기형

'넌 말도 없이 날 버렸으므로 나는 악보를 들고 기둥 뒤에 숨어 너를 노려보겠다'라는 태도를 취하는 유형. 자신을 기다리게 한 죗값을 요구하며 항의한다. 상대방이 사랑의 감옥에서 자숙의 기간을 보내며 형기를 채우면 다시 누그러짐.

5. 잠적형

학원 등록을 안 해서 재회의 기회가 없음.

"넌 여기서 어느 유형이야?" 인력거가 물었다. "비밀이야."
나는 대답했다.

약간의 기다림은 사랑에 촉매가 되지만 너무 긴 기다림은 반
발심으로 변질되고 그 뒤에는 사랑의 구역을 이탈해 버린다. 오
늘 버린 펜처럼. 나는 이 펜을 알아볼 기회를 상실했다. 이 펜으
로 일기장을 꾸밀 기회를 잃었다. 나를 기다리는 동안 펜은 스
스로 일기를 써서 잉크가 닳았나 보다.

당신은 다섯 가지 유형 중 어떤 사람인가요?

사랑과 발화의 양에 관한 이론
1화

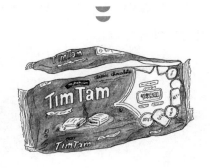

"오늘 버린 것은 다 먹은 팀탐이다."

오늘은 내 친구들의 연애 이야기를 해보려고 한다. 그들의
이름은 조춘삼과 방혜자다(가명). 춘삼은 나의 친구이기도 하고
호저(또 다른 친구의 이름)의 친구이기도 해서 우리는 종종 셋이
만난다. 춘삼은 밸런타인데이 때 애인인 혜자에게 줄 초콜릿을

사러 갔다가 '팀탐Tim Tam'이라는 과자를 알게 되었다며 호저와 나에게 추천했다. 팀탐은 "우리를 대체할 수 있는 건 없어"라는 브랜드 슬로건을 내건 호주 과자인데 속은 과자처럼 바삭하고, 겉은 부드러운 초콜릿으로 코팅되어 있다. 춘삼은 세계 과자 할인점에서 이놈을 사서 혜자에게 주었고, 혜자는 이미 이 과자를 재밌게 먹는 방법을 알고 있었다.

팀탐 맛있게 먹기

1. 팀탐의 네 모서리 중 두 개의 모서리를 입으로 깨어 입구를 낸다. 대각선으로 마주 보는 모서리를 한 입씩 깨물면 되는데 혜자는 이것을 '팀탐 빨대'라고 부른다.

2. 이제 팀탐 빨대의 한쪽 끝을 따뜻한 커피에 적신다.

3. 반대편 끝을 빨대처럼 빨아들인다. 이때 흡입으로 커피가 과자의 내부를 거쳐 입쪽으로 딸려 올라오는

데, 팀탐의 내부는 과자로 막혀 있어서 입안으로 전달되는 대신 과자 내부에 완벽히 스며든다.

4. 간이 골고루 베면 입안에 넣어서 씹는다. 단, 팀탐을 커피에 너무 오래 적시면 과자가 뚝 부러져 컵 속으로 침잠해버리므로 적당히 적셔야 한다.

뜨거운 커피에 녹은 초콜릿 과자에서는 이제 아름다운 카페모카 향이 난다. 살짝 녹은 내면의 과자는 부드러운 와중에 또 씹는 맛이 있다. 이날, 춘삼이 과자 먹는 이야기를 해주는 바람에 집에 오는 길에 호저와 나는 팀탐을 하나씩 사 먹고 이 과자의 범죄적인 맛에 거의 눈물을 흘렸다. 커피에 녹은 팀탐의 표면은 매우 부드럽고 미끌거려서 물 묻은 바닥, 아니 빙판길을 먹는 느낌이 났다.

팀탐 이야기는 조금 뒤에 다시 하고 우선 이 커플을 조금 더 들여다보자. 연애를 시작한 지 약 50일 정도 된 춘삼과 혜자는 한 번도 싸운 적이 없다. 그들의 관계는 막 설치한 깨끗한 유리와 같으므로 주먹 한 방에 쉽게 깨질 수 있는 상태였다. 따라서 그들은 싸울 만한 순간을 적당히 넘기며 50일을 지냈다. 게다가 둘 모두 싸움을 거는 타입도 아니었다. 소박하고 선량한 두 사람이 만났지만 결국 한 명이 싸움을 유도하게 되었는데 그건 춘삼이었다. 이 이야기를 듣던 호저는 그게 자연스러운 일이라고 진단했다. 호저의 철학에 따르면 지구인 두 명이 만나면 (당사자들의 의사와는 무관하게) 둘 중 한 명은 '말 많은 자'를 맡고, 한 명은 '말 적은 자'를 맡게 된다. 두 인간이 서로를 완벽하게 똑같이 사랑하는 것은 불가능하므로 한 명은 더 말하고 한 명은 덜 말하게 된다는 것이다. 서운한 쪽이 상대적으로 말이 많아진다는 것이다. 이것이 호저의 〈사랑과 발화의 양에 관한 이론〉이다.

춘삼도 혜자도 아직 한 번도 제대로 된 연애를 해본 적이 없었다. 그래서 밥에 국 말아먹듯 싸우면서도 관계를 유지하는 장수 커플들의 노하우가 없었다. 싸움에 대한 면역과 경험치가 아직 부족했던 것이다. 하지만 그들은 같은 집에 사는 인간들이 방귀를 트듯, 발전적인 관계가 되려면 언젠가 싸움을 터야 한다는 사실을 알고 있었다. 다만 그들은 섣부른 싸움이 조심스러운 관계를 훼손할까 두려웠다. 그래서 싸움의 기미가 보이면 바로 외면했다. 그런데 둘 중 더 불안했던 쪽이 있었다.

춘삼이었다.

그래서 춘삼은 혜자보다 말이 많아졌다. 그리고 52일이 되던 날, 이 사랑 신참자들은 드디어 싸우게 된다. 그날도 어김없이 춘삼과 혜자는 팀탐을 나눠 먹었지만, 아름다운 과자를 나눠 먹고도 만족을 못했다. 춘삼은 며칠 전부터 혜자에게 하고 싶은 말이 있었다. 문제는 그가 그 말에 도달하기 위해 헛소리로 밑밥을 깔다가 큰불을 내고 말았다는 것이다. 누구나 중요한 말을 할 때 예열이 필요한데, 예열을 잘하는 사람이 있고 못 하는 사람이 있다. 춘삼은 후자였다. 진심에 도달하기 위해 그는 꾸물거렸고 자꾸 말이 헛나왔는데, 그 헛나온 말은 칼이고 삽이고 칼질이고 삽질이었다. 그 말에 혜자가 상처받은 것이다.

춘삼이 하고 싶었던 말은 "너 왜 그래…"였다. 조금 더 늘리면 "너 왜 그래. 나 좀 더 사랑해 주라"였다. 그런데 애인에게 사랑해 달라는 말을 하기까지 왜 그 많은 공구들, 그러니까 삽과 칼이 필요한지…. 그 이유는 지구인들이 사랑해(=사랑해 줘)라는 말을 자국어(한국어)로 하지 않고 프랑스어나 몽골어 산스크리트어 따위로 (심지어 섞어가며) 말하기 때문이라고 호저 선생은 말했다. 따라서 상대방의 입장에서 사랑해 달라는 말이 외계어로 들릴 수밖에.

혜자는 춘삼이 하려는 말이 무슨 말인지 알 수 없었다. '하… 얘 왜 이러지? 그래서 무슨 말이 하고 싶은 거지?' 그녀는 인내했다. 난삽하기 그지없는 횡설수설(넌 왜 치약을 끝에서부터 말아 쓰지 않느냐, 넌 왜 양말을 한쪽만 신고 자냐, 나는 새우깡보다 짱구를 더 좋아하는 네가 밉다 등 진심이 아닌 말)을 쏟아내는 춘삼 앞에서 혜자는 당황했지만, 이 일이 싸움으로 번지지 않기를 바라며 속으로 마법의 주문 "철 한자 나인, 철 한자 나인, 철 한자 나인"을 달달 외웠다(한컴에서 철-한자-나인(숫자 9)를 입력하면 특수문자 凸가 뜨는 것에서 유래한 인내 쌓기용 주문).

이 이야기를 듣던 호저는 고개를 끄덕이며 춘삼에게 이해가 된다고 말했고, 나는 집으로 가는 길에 팀탐을 사먹어야겠다고 생각하고 있었다. 좌우간 호저는 말했다. "어느 날 사랑 때문에 불안이 너무 커지면 정신이 함께 나가버려서 내가 불안한 건지 설레는 건지, 그러니까 불안과 설렘을 헷갈리는 경지에 이르러 한쪽 눈깔은 울고 한쪽 눈깔은 웃는 지킬 앤 하이드형 인간이 된다고."

그렇게 춘삼이 외국어를 지껄인 이유는, 불안한 걸 보여주고 싶지 않았기 때문일 거라고 호저 선생은 진단했다. 혜자가 너무 바빠서 연락을 잘 못하다 보니 춘삼의 몰골이 초췌해진 것이다. 사랑은 어떻게 해서 심술이 되는가… 나는 궁금했다.

서운함을 직접적으로 말하면 되는데 이상한 횡설수설을 동원해 암시적으로 말하다 보니 혜자는 춘삼이 무슨 말을 하려는지 알 수 없었다. 그 때문에 혜자도 덩달아 불안해졌고 싸움의 알이 부화한 것이다. 그리고 혜자가 '철-한자-나인'을 44회 반복했을 때 춘삼은 좀 더 심한 말실수를 했고, 혜자는 인내심이 바닥났다. 혜자는 외쳤다.

"너 방금 뭐라고 했냐, 돼지가 신던 쓰레빠에 낀 껌 같은 놈아!"

P.S. 팀탐은 춘삼과 혜자처럼 갓 연애를 시작한 연인들이 함께 먹기 좋은 과자는 아니다. 집에 와서 혜자가 춘삼에게 알려준 방법대로 먹어봤는데, 이 조그만 과자를 커피 잔에 담그고, 머리를 처박아 그 끝을 빨대처럼 빠는 순간에는 가난한 짐승처럼 초췌하고 불쌍해 보인다.

사랑과 발화의 양에 관한 이론
2화

"오늘 버린 것은 과일 바구니 안에 넣는 스티로폼이다."

일기를 구독하던 한 친구가 밀린 구독료를 한방에 갚았다(독자 분들께 우편과 이메일로 글을 보내고 구독료를 받는다). 다섯 달치 구독료여서 꽤 큰돈이었다. 그 친구가 평소 준 것이 많아 보답으로 글을 보내주고 있었는데 구독료를 갚아버리는 바람에 내가 외상을 해준 꼴이 되었다. 21세기에 외상이라니. 며칠 전에 방문한 추억의 분식집이 떠오른다. 대학생 시절에 자주 가던 곳이었다. 친구와 나는 치즈 라볶이와 원조 김밥을 주문했다. 구석에서는 회색 후드티를 입은 남학생이 한 손에 휴대폰을 쥐고 영상을 보며 라면과 제육 김밥을 먹고 있었다. 그때 일하는 아주머니 한 분이 아무렇지 않게 서랍에서 두툼하고 낡은 장부를 꺼내 그에게 가져다주었다. 그녀는 포스트잇이 붙여진 장을 펼치며 그에게 볼펜을 주었고(볼펜은 장부에 달린 끈에 묶여 있음), 회색 후드티는 빈칸을 찾아 뭔가를 썼다. 결재 서류에 사인을 하는 모습이었다. 나는 그가 비밀의 젊은 사장일지도 모른다는 생각이 들었다. 눌러쓴 후드티도 그렇고(그렇게 생각하니 정말 재벌 같아 보였다), 나는 그가 비밀의 젊은 사장일지도 모른다는 생각이 들었다. 그가 사인을 하자 아주머니는 장부를 도로 서랍에 넣고 홀에서 음식을 나르셨다. 그리고 회색 후드티가 나갈 때 "또 오렴" 하고 인사를 건넸다. 그가 계산을 하지 않고 나가는 모습을 보고 나는 그게 외상 장부였다는 사실을 깨달았다. 그리고 학창 시절에 이 분식집이 외상을 해준다는 얘기를 들었던 게 기억났다. 그 풍경이 어딘가 뭉클했다. 그렇다면 나는 외상을 해줄 수 있는 사람인가… 일기 딜리버리 외상 장부 같은 걸 상상해 보았다. 21세기에 외상이라니. 엄청 드물고 힙해 보였다. 그래서 다음 달 포스터를 만들던 중 포스터 하단에 현미경으로 볼 수 있을 만큼 조그맣게 〈외상 가능〉이라고 적었는데, 자칫 인생을 외상 당할 것 같아 결정을 보류했다. 외상. 외상. 너무 오래되어서 잊힌 이 단어를 중얼거려 본다.

좌우간 사랑부터 땡겨 쓰고 현금 지불은 미루고 있는 춘삼과 혜자의 이야기로 돌아가자. 그들은 사랑이 너무나 달콤하여 싸움(=영혼의 현금 지불)을 무기한 유예하다가 싸움 신에게 딱 걸렸고, 이제 싸움을 피할 수 없게 되었다. 둘은 싸움이라는 사랑의 추레한 국면을 외면하며 시간을 끌었던 것인데… 싸움을 피한다는 건 사실 사랑의 일부만을 사랑하는 것으로 완전할 수 없었다. 모든 처음이 어렵듯 첫 싸움을 잘 해결한 연인들은 어려움이 닥쳐도 함께 헤쳐 나갈 수 있다는 신뢰를 보상받게 된다. 사실 싸움은 사랑을 방해하는 것이 아니라 사랑을 지지하기 때문에.

어쨌든 춘삼은 말실수를 했고 인내력이 바닥난 혜자는 외쳤다(읽는 이의 쾌감을 위해 다시 한 번 써본다).

"너 방금 뭐라고 했냐, 돼지가 신던 쓰레빠에 낀 껌 같은 놈아!"

그들은 낮에 사이좋게 팀탐을 나눠 먹고 집으로 돌아와서는 이렇게 싸우고 있는 것이다. 통화 중 욕을 들은 춘삼은 어안이 벙벙했다. 그러나 차라리 후련했다. 무반응보다는 화가 나으므로. 마침 불균형을 느끼던 참이었는데 혜자가 화를 내자 그녀도 싸움에 본격적으로 참여했다는 느낌이 들었던 것이다. 나만 너무 잘못하고 있을 때 상대방도 잘못을 저질러 균형이 맞춰지기를 기다릴 때가 있다. 이제 대화를 할 수 있겠구나, 춘삼은 기대했다.

그런데 그녀는 대화를 완강히 거부했다. 삭막한 침묵이 시작된 것이었다. 돼지 쓰레빠 발언을 끝으로 그녀는 입을 완전히 닫아버렸다. 춘삼은 혜자의 사과를 은근히 기다렸다. 그런데 한 시간이 지나도 수화기 저편에서 아무 소리가 들리지 않았다. 그저 '사람이 있긴 함' 정도의 미미한 인기척이 들려올 따름이었다. 한 시간 반이 지나자 기대는 짜증과 화로 변질되었다.

"무슨 말이라도 좀 해줄래?"

그러나 그녀는 꾸물거릴 뿐 대답이 없었다. 두 시간이 지났다. 춘삼은 그녀가 기다림으로 그를 조련한다는 느낌이 들었다.

"무슨 말이라도 좀 하지?"

춘삼은 약간 더 세게 말해봤다. 혜자는 여전히 대답이 없었다. 사실 혜자는 그를 조련하고 있는 게 아니라 예열이 필요했을 뿐이었다. 그녀도 무슨 말을 해야 할지 몰랐고, 그들이 왜 싸우는지 이해가 가질 않았고, 싸움이 두려웠으므로.

이제 춘삼의 화는 불안으로 변질되었다. '내가 그렇게 큰 잘못을 했나?' 그는 따져보았다. 그리고 불안은 '이러다가 우리 끝나는 거 아니야?' 하는 더 큰 불안으로 이어졌다. 침묵하는 상대가 모든 것을 포기한 것만 같았다. 춘삼은 그녀가 매정하게 느껴졌다.

"미안해… 그런데 내가 무얼 잘못했지…?"

"무슨 말이라도 좀··· 해 줄래?"

"Oh, Jesus··· Help Your Son···."

이제 불안은 애원으로 표출되었다. 끝나지 않는 침묵에 녹초가 된 춘삼은 이 정도면 이건 전화 통화가 아니라 전화 통증이라는 생각이 들었고, 제3자(호자)와 제4자(나)는 이들이 사랑을 하는 건지 사랑을 명목으로 서로에게 벌을 주고 있는 건지 헷갈렸으며, 그렇게 침묵 부양자들의 통화는 이어졌다. 그리고 얼음을 깬 혜자의 한마디.

"속상했어."

언어의 긴 비사용 그리고 그 위에 체리처럼 올려진 짧은 한마디 "속상해"는 춘삼에게 일종의 구원이었다. 그 말을 듣자 묵은 때가 벗겨지듯 모든 불안이 사라졌다. 춘삼은 아기처럼 엉엉울기 시작했다.

"나는 네가 어디 가버린 줄 알았어. 이제야 네가 거기 있다는 게 느껴져."

춘삼이 진심을 다 불렀다. 그리고 그 말을 듣고 혜자도 엉엉 울었다. 그리고 그녀도 불렀다. "나는 우리가 조금씩 가까워지고 있다고 생각했고, 나는 너를 더 믿게 되었는데, 지금 너는 영 미친놈 같아서 나는 너무 슬프다"라고. "내가 사랑하는 춘삼이 어딨냐"라고. 그러자 춘삼의 휘었던 (영혼의) 허리가 저절로 교정되었고 그는 예의 젠틀맨 춘삼으로 되돌아왔다. 사랑을 쏟을 만반의 준비가 되어 대기를 타다가, 출격 명령이 떨어지자 마음껏 달려나가는 용사의 모습으로 그녀에게 사랑한다고 말했다.

"오… 사랑스러워."

호저와 나는 춘삼에게 엄지 척을 했다. 그러자 춘삼은 자신은 가끔 과일 바구니 바닥에 까는 스티로폼처럼 쓸데없는 말로 부피를 늘려 상대방을 혼란에 빠트리는 것 같다고 말했고, 호저와 나는 고개를 끄덕였다. 반면 혜자는 불안에 빠져 횡설수설을 늘어놓는 춘삼을 보고 작은 연민을 느꼈다. 그녀는 진흙탕 속에서 발길질하고 있는 춘삼을 꺼내주고 싶었고, '개무시'라는 밧줄을 던졌다. 그러니까 과일 바구니에서 쓸데없는 스티로폼을 솎아내 갖다버렸던 것이다. 스티로폼 충전재(빈 공간을 메

위서 채우는 것)에 해당하는 말들, 즉 진심이 아닌 말은 무시하고 오직 본질, 춘삼의 진심을 정확하게 파악해 그를 늪에서 구출해 내는 것. 춘삼과 눈을 마주치고 나도 널 좋아한다고 말하고, 그녀에게 사랑을 납득시키고 믿음을 주는 것. 그리고 그 이상이 필요했다. 그것은 그녀가 서운함을 표현하는 것이었다. "나도 널 사랑해"라는 말보다 "나는 서운해"라는 말이 사랑을 더 확실히 증명할 때가 있나 보다. 상습적인 서운함은 구속과 부담이 되지만, 서운함의 간헐적 표출은 사랑의 윤활제 역할을 하기 때문에.

여기서 호자의 〈사랑과 발화의 양에 관한 이론〉을 다시 정리해 보자. 호저는 말한다. 말 많은 자는 더 크게 사랑하는 사람인지도 모른다고. 그자는 묻는 자이고, 질문하는 자이고, 오해받지 않기 위해 다 말해버리는 자이고, 오해하지 않으려고 다 들으려고 하는 자이며 그러다가 다치거나 늪에 빠져 허우적대기도 하지만 그는 아름답다고. 그리고 갓 늪에서 빠져나온 자는 혜자에게 마지막으로 슬픈 이야기를 꺼냈다.

"이런 내 모습에 네가 실망했을까 두려워."

혜자로운 혜자님은 말한다.

"나는 네가 완벽해서 좋아하는 게 아니다. 나는 너의 비완벽함도 좋아한다. 너는 완벽함과 비완벽함으로 구성된 완전한 사랑스러움이다."

2부

나를 쪼개서
두 명인 척해야 했어

번아웃 증후군

"오늘 버린 것은 달력이다."

    나의 문제는 누군가 나를 아주 손쉽게 미워할 거라 믿는다는 점이다. 대화를 나누는데 피곤한 기색을 보여서, 부탁을 거절해서, 혹은 부탁을 들어주겠다고 했다가 말을 바꿔서, 답장을 빨리 하지 않아서, 게을러서, 욕심이 많아서 등. 누군가 나를 미워할 이유는 밤새 열거할 수 있다.

누군가 나를 미워한다는 사실을 알게 되었을 때, 나는 빠르게 수긍하도록 훈련을 해왔다. 누군가 나를 별로 좋아하지 않는다는 사실을 알았을 땐 타인이 느꼈을 불쾌함이 먼저 상상된다. 그런데 지금은 인간 면역력이 떨어졌기 때문에, 혹은 번아웃되어서 모든 인간관계가 버겁게 느껴진다. 연말만 되면 번아웃되는 나를 위해 미리 태국 행 비행기 표를 끊어놓는다. 작년에도 12월에 태국으로 도망갔다. 지난해에도 이번에도 출국 전날에 입술 포진에 걸렸다. 피곤이 극에 달한 것이다. 사실 내가 날짜를 맞춘 것이 아니라 출국 날짜가 정해지면 데드라인 효과에 의해 나의 정신과 신체가 알아서 에너지를 안배해 출국 날짜에 정확히 동나게 하는 것 같다. 중요한 일이 끝나자마자 긴장이 풀려 감기에 걸리거나 며칠을 내리 잠만 자는 것처럼.

신비롭게도 인류가 감기에 가장 걸리지 않는 상황은 전쟁터라고 한다. 목숨이 걸린 위급한 상황에서 감기는 우리의 영혼의 판단에 따라 우선순위에서 밀려나는 것이다.

오늘 내가 버린 것은 2019년 달력으로, 오늘 처음 내 책상에 달력이 서 있었다는 걸 알았다. 달력은 3월에서 멈춰 있다. 내가 언제부터 그것을 바라보지 않았는지 달력은 온몸으로 말한다. 시계처럼 죽는 순간의 날짜와 시간을 몸에 각인하고 있다. 웃긴 놈이다. 매년 새 달력을 책상에 세우고 일정을 써놓지만 어느 순간부터 보지 않는다. 액자와 마찬가지로 달력은 '거기에 있지만 거기에 없는 사물'이 되어버린다.

그런데 달력은 소모품인가? 겉은 닳지 않아도 영혼은 점점 너덜너덜해진다. 달력을 넘길 때마다 달력은 죽는다. 다시 살지 않는 한 달력은 재생할 수 없다. 달력은 한 해가 가면 쓸모없는 물건이 되기 때문이다. 예전에 달력을 가슴에 박은 토끼 인형을 선물 받은 적이 있다. 토끼 인형은 가슴에 폭발 장치를 단 것 같았다. 달력 때문에 1년이 지나면 소용이 없어지고 때 지난 물건이 되어, 버려야 하므로. 달력을 달지 않았다면 토끼 인형은 장수할 수 있었을 텐데 말이다. 그러나 언제 버려질지 예정되어 있다는 점에서 달력은 슬프다.

그럼 이런 상상은 어떤가? 달력의 영혼을 가진 책, 가령

2019년 1월부터 2019년 12월 31일까지만 글자가 보이고, 2020년 1월 1일부터는 아무짝에도 쓸모없게끔 쓰인 책이 있다면? 2020년부터는 내부 장치에 의해 모든 글씨가 지워져 백지가 되어버리거나 스스로 폭파하는 것이다. 그럼 그 책을 조금 더 소중하게 여기게 될까? 내가 지금 이 달력을 아무 죄책감 없이 갖다 버리는 것처럼 버리기만 쉬워지겠지.

연말이 되면 달력이나 새해 다이어리가 잘 팔린다. 그런데 2019년 입장에서 2019년이 다 가지도 않았는데 2020년이 나대는 건 왠지 예의에 어긋나는 기분이 든다. 2019년이 두 눈을 시퍼렇게 뜨고 버젓이 살아 있는데 '넌 어차피 죽었으니까~' 하고 새 인물이 나타나 주인공 역을 빼앗는 꼴이랄까…. 2020년을 미리 기웃거리고 얼른 2020년으로 갈아타려는 이유는 마지막이 겁나서다. 마지막을 어떻게 봉합해야 할지 모르는 마무리 젬병이기 때문에. 나는 새 출발의 기운으로 무서움을 가린다. 사람들의 이런 심리를 반영해, 그러니까 마무리보다는 새 출발이 인기가 많다는 점을 반영해, 2020년 다이어리에는 항상 2019년의 11월이나 12월 달력이 덤으로 끼워져 있다. 도움닫기 같은 건가? 당장 2020년부터 시작하려면 기다려야 하니까 예비 2020년(=2019년 12월)부터 자연스럽게 합류하라는….

그래서 2020년의 실제 시작은 2019년 12월인지도 모르겠다. 사실 1월은 새 출발의 느낌은커녕 공허하고 춥고 쓸쓸하다. 12월에는 한 해를 돌아보고 결산하고 내년의 다짐을 하고 소중한 사람들을 떠올리느라 생기가 넘친다. 반면 1월은 파티가 끝나고 청소하는 다음 날 아침에 가깝다. 혹은 만취해서 영혼을 교감하며 거하게 놀아놓고 다음 날 아침에 쌩까는 기분이 1월이다. 그러는 나란 인간은? 마지막도 싫고 새 출발도 싫어서 동남아로 도망친다. 1월 1일에 여름 한복판에 있는 기분을 누릴 수 있도록 연말이나 새해가 나를 찾지 못하도록 따뜻한 곳에 숨어있는다.

삶이 내 쪽으로 선을 넘지 않도록

"오늘 버린 것은 주문한 음식이다."

친구와 함께 태국 행 비행기 표 두 장을 끊었다. 친구의 이름은 영혼 없는 리액션이다. 우리는 아침형 인간도 저녁형 인간도 새벽형 인간도 아니다. 아침에도 골골대고 저녁에도 컨디션이 좋지 않다(새벽에는 운다). 그런 인간을 뭉뚱그려 '현타형 인간'

으로 분류할 수 있을 것이다. 둘 다 아침에 일어나지 못하기 때문에 오후 여섯 시 출발 비행기 표를 끊었다. 그런데 출발 당일 병에 걸려 아침부터 병원을 다녀와야 했다. 영혼 없는 리액션은 임파선 결핵의 재발 조짐과 방광염이 의심되었고 나는 천식과 독감 증세가 있었다. 병원은 연말이라 붐볐고("왜 이렇게 오래 걸려요?"라는 대기자들의 원성에 간호사는 "연말이라서요"라고 답했는데, 연말인 것과 사람들이 아픈 것 사이에 무슨 상관관계가 있는 걸까?) 총 두 시간 반을 기다린 끝에 진료를 받고 영혼 없는 리액션을 만났다. 우리는 약을 먹고 인천국제공항으로 향했다. 그리고 비행기에 탑승했다.

영혼 없는 리액션의 좌석은 5A, 나는 6A였다. 나란히 앉는 대신 앞뒤 좌석을 예약한 것이다. 영혼 없는 리액션의 옆 좌석에 앉은 아저씨는 이런 행태가 이해가 되지 않아 그녀에게 "아니, 왜 친구랑 옆에 안 앉아?" 하고 따졌고, 영혼 없는 리액션은 "우정 유지를 위해"라고 답했다.

영혼 없는 리액션은 필요에 따라 창문과 기내 벽 사이로 내게 물통과 맛동산을 전달했다(저가 항공이라 기내식을 안 줘서 영혼 없는 리액션이 맛동산을 샀는데 사은품으로 고래 모양 물총을 받았다). 맛동산을 하나씩 주다가 질렸는지 나에게 다 먹으라며 맛동산을 넘겨놓고 조금 있다가 손을 내밀었다. 영혼 없는 리액션은 펜을 원할 때도 있고 맛동산을 원할 때도 있었는데 손으로 자신의 의사를 표현했다. 손 모양에는 별 차이가 없었지만 그녀가 원하는 것이 펜인지 맛동산인지 단박에 알 수 있었다. 이런게 바로 우정의 실체일 것이다.

밤늦게 태국에 도착한 우리는 숙소에서 똠얌꿍과 모닝글로리 그리고 계란 부침을 주문했다. 주문한 요리를 받으러 1층으로 내려갔을 땐 아무도 없었는데 음식을 받고 뒤돌아서니 자다 깬 남자가 일어나 "Help You?" 하고 물었다. 새벽에 호스텔을 지키는 직원인데, 책상 아래서 숨어서 자고 있었던 것이다. 땅바닥에서 자다가 인기척에 깬 그에게 "Oh, No…Sorry" 대답하고 2층으로 올라갔다. 누워서 자는 알바생의 티셔츠 등짝에는 'Worry Less, Live More'라는 문구가 적혀있었다. 대충 번역하면 "걱정을 줄이고, 걱정을 덜 한 만큼 수명을 늘려라" 정도가 될 것이다.

주문한 음식은 먹을 수 없는 맛이어서 버려야 했고 객실에 비치된 오레오로 기억을 덮었다. '걱정 덜하고 더 많이 살기' 그런 건 어떻게 하는 거지? 그런데 걱정을 덜 하면 더 많이 살게 되나? 반대로 걱정을 많이 하면 덜 사나? 'Worry Less, Live More'라는 표현은 삶과 걱정을 공간을 차지하는 무언가로 간주한다. 혹은 공간을 함께 쓰는 무엇으로. 한 놈의 몸집이 줄어들면 다른 놈이 커지고, 한 놈이 불어나면 다른 놈이 영향을 받는다는 점에서 말이다. 걱정이 빠져나가면 빈 공간이 생기고 그 공간에 다른 것을 들여놓을 수 있다는 의미인 듯하다. 어쨌거나 'Worry Less, Live More'에서 걱정은 삶의 면적을 축소하는 무엇으로 보인다. 이번엔 등에 적힌 문장을 내 멋대로 바꿔본다.

"Worry More, Live More(걱정을 많이 하고 많이 살아라)!"

사실 걱정을 많이 할수록 삶을 더 많이 느끼기 때문에 약간의 걱정을 조미료처럼 사용하면 삶이 감칠맛 날 수도 있다.

볕이 잘 드는 카페에서 휘핑크림을 커다란 모자처럼 쓰고 있는 모카 라떼를 마시면서 원고를 마감하다가 나는 갑자기 "아,

좋다" 하고 작은 탄성을 내질렀다. 한국에서는 별일이 없어도 걱정 인간이 된다. 삶을 살지 못한다. 삶을 사는 게 아니라 삶이 내 쪽으로 선을 넘지 않도록 경고를 보내고, 삶을 진정시키고, 선 밖에 머무르라고 주의시키는 것에 힘을 쏟는다. 소극적이고 방어적인 삶. 적극적일 수 없는 삶. 활개치는 건 꿈꾸지 못하는 삶. 누군가 내 삶에 침범하고 발을 들여놓는 것을 막는 것에 급급한 삶. 사람을 만나 관계를 진척시키며 좋은 사이가 되는 것은 고사하고, 상대가 내 삶에 침범할까 봐 조마조마할 뿐이다.

반면 태국에서 나는 걱정에 부대끼지 않는 사람이 된다. 삶에 필요한 최소한의 걱정만을 품고 산다. 길을 건너다 차에 치이면 어쩌지, 조심하자. 오늘은 치앙마이 도서관을 또 못 찾아가면 어떡하지, 그래도 찾아가 보자. 내일은 좋아하는 카페가 닫는 날인데 어떡하지. 이런 걱정뿐이다. 다정하고 무해하며 초보적인 삶의 걱정들. 이런 걱정들은 삶에 생기를 불어넣고 발을 움직이게 만든다.

나를 쪼개서
두 명인 척해야 했어

"오늘 버린 것은 치앙마이 도서관 1일 이용권이다."

오늘은 치앙마이 도서관에 갔다. 지난주에 님만해민에 위치
한 치앙마이 대학까지 가는 일에 성공했으나, 중앙도서관은 찾
지 못했다. 가는 길에 호수를 만나 넋을 놓았기 때문이다. 오늘
은 그랩을 타고 치앙마이 대학교 정문에서 내린 다음, 구글 지

도의 지시를 따라 찬찬히 걸었다. 도서관은 커다란 나무와 다른 건물들에 가려져 있었다. 출입문을 지키는 조교에게 외부인이라고 말하면 1일 이용권을 끊어준다. 한화로 800원이 채 안 된다. 여권 번호 및 개인 정보를 작성한 서류를 제출하면 빳빳한 출입용 카드와 노란색 영수증을 준다. 두 곳에 모두 아웃사이더 'Outsider'라고 명기되어 있다.

Receipt

Library entry fee for **Outsider**

주위를 둘러보니 아웃사이더 명찰은 나 혼자만 지닌 것 같아서 나 자신이 희귀템이 된 것 같고, 깍두기가 된 것 같고, 문득 소중하고 가련해져서 나는 아웃사이더로서의 내 지위를 최대한 이용하기로 했다. 마침 복사와 스캔이 필요했는데, 컴퓨터에 학번과 비밀번호를 기입하라기에 카운터에 문의했다.

"아웃사이더는 복사 어떻게 해요?"
"아웃사이더는 스캔 어떻게 해요?"

이렇게 물으니 더 묻고 싶었다.

"나 아웃사이더인데 화장실 어떻게 가요?"
"나 아웃사이더는 몇 시간 이용할 수 있어요?"
"나 아웃사이더는 책 빌릴 수 있어요?"
"나 아웃사이더는 어떻게 살지요?"
"나 아웃사이더, 행복해도 되나요?"

아웃사이더는 복사는 가능하지만 스캔은 할 수 없다고, 사서는 말했다. 나는 아웃사이더에 관한 유용한 지식을 습득한 뒤 서가를 둘러보았다. 기막힌 고요의 풍경이었다. 커다란 창문으로 햇살이 비쳤고, 창가에 앉아 있으면 햇빛과 나무 그림자가 내 정수리에 드리웠다. 태국인들은 안전거리에 대한 감수성이 있는지, 어지간해서는 다닥다닥 붙어 앉지 않는다. 몸에서 온갖 소리를 내는 사람도 없고, 키스킨 없는 노트북이나 비무음 마우스를 쓰는 사람도 없다. 다들 인체 어딘가에(가령 겨드랑이나 뒤통수 같은 데) 음소거 버튼을 장착한 것 같았다.

창가에 자리를 잡고 앉았는데, 대각선 책상에 앉은 남자는 책상에서 수채화를 그리고 있었다. 아무 소리가 나지 않아서 몰랐다. 산과 호수 사진을 노트북 화면에 띄워두고, 물감 통에 붓을 담갔다가 빼고서, 사진을 다시 자세히 들여다본 다음, 가지런히 놓인 걸레에 물기를 덜고, 허리를 숙인 채 그림을 그렸다. 아무 소리도 나지 않았다. 소리 제거 마법을 부리는 인간들인가. 귀에게 휴식을 줄 수 있는 공간이었다. 나는 잠시 졸다가 가져온 책을 꺼내 읽었다. 그리고 읽다가 낮잠을 잤다.

그 시각, 영혼 없는 리액션은 요가를 갔다가 집으로 가려고 택시를 부르고 있었다. 그런데 이벤트 당첨이 되어서 일반 승용차 택시 대신 10인용 벤이 왔다. 벤이 너무 커서 골목까지 들어오지 못해서 애를 먹었다. 영혼 없는 리액션은 골목을 나가 벤을 찾아야 했다. 기사는 영혼 없는 리액션을 보더니 한 명인 사람에게 "몇 명이에요?" 하고 물었다.

"1." 영혼 없는 리액션은 대답했다. 기사는 정말 혼자냐고, 이렇게 커다란 차에 당첨되었는데 혼자냐고 재차 물었다. 영혼 없는 리액션은 주위를 둘러보는 것으로 숨겨둔 사람이 없다는 것을 밝혔다. 그는 혼자면 무슨 의미가 있나 하는 표정을 지었다. 벤의 문을 열자 족히 열 명은 탈 수 있는 넓은 공간이 나타났다. 그랩 벤 당첨은 다인용 행운이기 때문에, 그러니까 열 명이 모여야 최대치가 되는 운이어서 영혼 없는 리액션은 좀 난감했다. 기사도 10인분의 행운을 한 명의 사람이 어떻게 써먹을 수 있냐는 듯 그녀를 쳐다봤다. 이 운은 네가 아니라 대가족으로 여행 온 사람들에게 돌아가야 했다는 듯이, 행운의 낭비라는 듯이. 그는 정말 혼자냐고 다시 물었다. 영혼 없는 리액션은 혼자라는 사실을 설득하고 해명해야 하는 이 상황은 행운이 맞나 싶었다. "나 하나라 민망해서, 나를 쪼개서 두 명인 척해야 했어. 내가 10인분을 할 수 없으니 웃어야 했지. 깔깔깔. 그럴 땐 웃어야 넘어갈 수 있어." 영혼 없는 리액션은 내게 말했다.

영혼 없는 리액션은 공허한 아홉 명의 빈자리를 찍어 내게 보냈다. 혼자서 이 운을 어떻게 써먹어야 하는지 몰랐으나 행운이 아닐 이유가 없어서 그녀는 "But I am Happy"라고 택시 기사의 뒤통수에 대고 소박하게 항의했다

팬티 처리

"오늘 버린 것은 남자의 팬티다."

"보영아, 너 혹시 남자 팬티 입니?" 침대에 누워 뒹굴거리는
데, 영혼 없는 리액션이 빨래 자루에서 꺼낸 검정 사각팬티를
검지와 엄지 끝으로 집고 흔들며 내게 물었다. "뭐라고?", "아
니…지?", "무슨 소리야?" 내가 항변했다. "아니, 맡겼던 빨래

를 찾아왔는데 남자 팬티가 나와서….” 영혼 없는 리액션이 답했다.

영혼 없는 리액션은 극한 요가를 해서 땀이 많이 나기 때문에 옷을 자주 빤다. 반면 나는 원래 빨래를 잘 안 한다. 그런데 팬티를 몇 장 안 가져와서 문제다. 팬티만 빨기 위해 코인 세탁소에 가는 건 너무 귀찮고 돈이 아까우니 숙소 화장실에서 한 장씩 빨고 다음 날 축축한 팬티를 입는다. 그러던 어느 날, 생리대와 저녁거리를 사러 슈퍼에 들어갔는데 우연히 기저귀형 생리대를 발견했다. 생리양이 많은 불안한 날을 위한 생리대인 것 같은데 오버나이트 생리대보다 훨씬 컸다. 어른용 기저귀 같았다. “여행자를 위한 팬티다!” 나는 그 자리에서 환호했다. 한번 입고 다음 날 버리면 되니까 일회용 팬티로 쓰기에 좋을 것 같았다(게다가 마침 생리가 터졌으니 일석이조였다). 빨지 않아도 될 뿐더러 위생적이고 착용감도 탁월하며(서있어도 푹신한 소파에 앉아있는 느낌), 기저귀를 찬 기분이 들기 때문에 아기 시절처럼 응석을 부려도 될 것 같은 기분이 들었다.

방금 막 팬티에 관한 걱정에서 자유로워졌는데, 우리의 눈

앞에 정체 모를 남자의 팬티가 놓여 있는 것이다. 며칠 전, 영혼 없는 리액션이 빨래를 하러 간다며 내게 빨 것이 있느냐 물었었다. 그래서 나는 비닐봉지에 넣어둔 오래된 팬티들을 그녀에게 맡겼다("너 옷은 왜 안 빨아?"라고 혼내지 않았으므로 우리의 우정은 지속되었다). 그런데 찾아온 빨래 자루에서 검정색 남자 팬티가 나온 것이다. 영혼 없는 리액션의 팬티가 아니므로 그녀는 그게 내 것이라고 생각했고 나에게 조심스레 물었다. "너, 남자 팬티 입어?"라고.

헛웃음이 나왔다. 왜냐하면 남자 팬티가 나오면 보통 "너 누구 데려왔어?" 하고 묻는 게 더 자연스럽기 때문이다. 혼자 돌아다니다가 누구랑 눈이 맞아서 숙소에 데려왔다고는 상상도 못하는 영혼 없는 리액션은 도리어 나를 남자 팬티를 입은 장본인으로 생각하는 것이다. 추호의 의심도 하지 않는 영혼 없는 리액션에게 조금 서운했다. 나는 의심이 고파서 "야, 내가 남자 데려왔을 수도 있지" 근엄하게 외치며, 동시에 사소하게 항변했다. "아니, 속바지로 입을 수도 있잖아. 생긴 게 그렇잖아. 남자 사각팬티가 속바지랑 비슷하게 생겼으니까. 그리고 급하면 남자 팬티 입을 수도 있지. 솔직히 삼각팬티보다 편하지 않냐.

그리고 요즘에 여성용 사각팬티도 많아." 영혼 없는 리액션이 나를 진정시켰다.

　우리는 이 남자 팬티를 어떻게 처리해야 할지 상의했다. 정황상 영혼 없는 리액션보다 먼저 세탁기를 쓴 사람이 빨래를 거둬갈 때 팬티 한 장을 빠트렸고, 그 세탁기에 우리의 빨래를 돌린 것 같았다. 그러면 그 세탁기에 다시 넣어두는 것도 한 방법일 텐데, 혹시 여행 온 커플에게 같은 일이 생긴다면 한쪽이 의심을 받지 않을까 염려되었다. 남자 팬티 입는다고, 혹은 다른 남자랑 잤냐고…로 시작해 파국으로 끝나게 되는 어떤 커플을 걱정하며 우리는 주인에게 팬티를 돌려줄 수 있는 방법을 생각했다. 코인 세탁소에 있는 의자에 팬티를 두고 오는 방법을 생각했다. 그런데 그건 손님이 없을 때 시도해야 할 것 같았다. 웬 여자 두 명이 손잡고 들어와 남자 팬티 한 장을 의자나 세탁기 위에 곱게 두고 유유히 사라지는 모습은 뭔가… 너무 정겹고… 또 너무 애틋하고… 왠지 안타깝고… 또 너무 사랑스러우니까…. 그런데 과연 팬티의 주인은 본인이 팬티를 잃어버렸다는 사실을 알긴 할까?

"너 팬티를 잃어버렸을 때 깨달을 적 있어? 팬티가 사라졌다는 사실을." 영혼 없는 리액션이 내 팬티들을 돌려주며 물었다. 생각해보니 내게 몇 장의 팬티가 있는지 나는 잘 모른다. 그러나 팬티의 수는 늘 줄어왔다. 그것이 팬티의 역사이고 팬티의 본질이다. 그러나 팬티에 발이 달린 것도 아닌데 어떻게 도망갔을까. 입고 있는 팬티를 길 가다 바닥에 떨어뜨릴 수도 없는데 어떻게 잃어버리지? 팬티는 잃어버리는 게 쉽지 않지 않나. 게다가 잃어버려도 잃어버렸다는 사실을 알아차리기 어렵기도 하고.

대화의 주제가 팬티의 상실과 되찾음으로 옮겨갈 즈음… 세탁소 근처 길가 가장자리에 두거나 나뭇가지 같은 데 올려두는 것도 나쁘지 않을 것 같다는 생각이 들었다. 범인이 현장에 반드시 나타나는 것과 같이 소중한 것을 상실한 자 또한 상실의 현장에 반드시 나타나니까.

"거기 혹시 전화번호나 인적사항 같은 거 적혀 있진 않아?" 내가 물었다. 팬티에 전화번호나 이름이 적혀 있으면(증명사진이 있다면 더 좋을 것이다) 돌려주기 쉬울 테니까.

이름: 조춘삼

번호: 000-0000-0000

소중한 팬티입니다. 습득 시 돌려주세요. 보상합니다.

　이렇게 팬티 고무줄에 적혀 있으면 무조건 돌려주고 싶을 것이다. 돌려주면 팬티 값의 10퍼센트 정도 아니면 작은 빵이라도 받을지도.

　우리는 팬티를 어떻게 처리해야 할지 시간을 두고 생각하기로 했다. 상실에 관한 문제는 신중해야 하니까. 상실 전문가 두 명은 경과를 지켜보기는 데에 동의하고 다시 각자의 일상으로 돌아갔다. 팬티는 며칠간 테이블 위의 금고 옆에 누워(금고 옆에 있으면 안전하다고 생각하는지) 눈치를 보며 생명을 연장했다. 최대한 구겨진 자세로, 연민을 자아내며.

　일전에 집 앞 나무다리에서 잃어버린 아기 신발을 본 적이 있다. 아기가 누군가의 등에 업혀가다가 신발 한 짝이 다리에 떨어졌고, 그걸 발견한 행인이 신발을 다리 기둥 위에 올려둔 것이다. 돌아오는 길에 찾아가라고 말이다. 무언가를 잃어버린 사람은 으레 자신이 다녀간 길을 되짚어 돌아오기 때문에. 그러나 몇 주가 지나도 아기 신발은 그 자리에 있었다. 거리의 청소부도 가져가지 않고 말이다. "오늘도 안 찾아갔구나…." 나는 다리를 건널 때마다 혼잣말을 하게 되었다. 그래서 다리 이름을 '오늘도 안 찾아갔구나'로 내 멋대로 짓고 혼자 자기 만족했다. 나는 봄이 지나도, 그다음 봄이 와도, 그 봄이 지나도 아기 신발이 그 자리에 있었으면 했다. 시간이 지나고 어느 날, 아이가 더 이상 누군가의 등에 업히지 않고 홀로 뛰게 되었을 때, 다리를 건너다가 "어! 이거 내 신발인데" 하고 알아보는 날을 상상했다. 그 자리에서 자신의 신발을 신어보지만 이제 사이즈가 맞지 않고, 그래서 그 신발을 나무다리에게 선물로 주는 어떤 장면을 말이다.

자다가 눈을 뜨면 팬티가 보였다. 상실된 팬티를 보니 잃어버렸지만 잃어버린지조차 모른 채 잊힌 모든 것이 떠올랐다. 그리고 숙소 체크아웃을 해야 하는 날, 짐을 다 챙긴 영혼 없는 리액션이 물었다. "이거 안 입을 거지?" 기차역에서 배웅할 때 쓰

는 가냘프고 아름다운 손수건처럼 그것을 흔들며. "응." 우리는

팬티를 쓰레기통에 버리지는 않고, 있던 자리에 그대로 두고 다

음 숙소로 옮겼다.

요리사가 될 수 없는 이유

"오늘 버린 것은 요리책이다."

오늘은 화요일이다. 들리는 소문에 의하면 크리스마스이브다. 치앙마이에서는 어떤 짓을 해도 크리스마스 분위기가 나지 않는다. 호텔 직원들이 머리에 루돌프 뿔이 달린 머리띠를 하고 있어도, 길을 가다가 누가 "메리 크리스마스"라고 외쳐도 말이다. 덕분에 크리스마스에 영향 받지 않을 수 있어 좋다.

엊그제는 영혼 없는 리액션과 원데이 쿠킹 클래스를 다녀왔다. 예약한 날에 툭툭(삼륜 택시) 한 대가 그 일대의 신청자들을 데리러 숙소 앞으로 온다. 툭툭을 타고 어디론가 가면 현지 시장에서 내려준다. 그곳에서 요리 선생님과 함께 장을 본다. 뭘 샀는지 기억은 나지 않는다. 신청자는 오십 대로 보이는 아랍인 부부와 허니문으로 세계 일주 중인 플로리다 부부, 영혼 없는 리액션 그리고 나였다. 요리 선생님은 작은 종이 쪼가리를 나눠주며, 다섯 시간 동안 총 다섯 개의 요리를 만들 거니까 나눠진 유형에 원하는 요리를 체크하라고 했다.

내가 만든 것은 팟타이와 과일 샐러드, 두꺼운 국, 진지하게 튀겨진 바나나 그리고 그린 커리였다. 시키는 대로 하면 되었다. 뭔가를 절구에 넣고 찧고(잘 빻지 못하자 외국인과 영혼 없는 리액션이 옛 애인을 생각하라며 도와주었다), 재료를 칼로 썰고, 냄비를 꺼내고, 불을 조절하고, 볶고, 기다리고, 튀겼다. 시키는 대로 다 했다. 시키는 대로 하는데 무슨 차이가 날까 했는데 결과는 상당했다.

FOOD MENU

Stir fried
- Pad Thai
- Fried Cashewnut
- Drunken Noodle
  (만취한 국수?)

Soup
- Tom Yum Chicken
- Clear Soup
- Cocount Chicken
- Thick Soup (두꺼운 국?)

(상위 범주 없음)
- Mango Sticky Rice
- Deep Fried Banana
  (진지하게 튀겨진 바나나?)

Appetizer
- Papaya Salad
- Spring Roll
- Fresh Spring Roll
- Fruit Salad

Curry
- Massaman
- Khao Soi
- Green Curry
- Red Curry

요리왕 영혼 없는 리액션은 신들린 요리로 모두를 감동시켰다. 내가 만든 요리는 사람이 먹을 수 있는 것인지 의심스러웠으므로, 사람들은 갑자기 내게 친절해졌고 동시에 거리를 두었다. 나의 요리를 제외하고 서로의 요리를 시식했다. 물론 그들은 자신들의 요리를 기꺼이 내게 베풀었다.

요리는 다섯 시간이나 이어졌다. 팟타이를 만들고 먹었다. 그다음 과일 샐러드를 먹고 그다음 먹었다. 그다음 수프를 만들고 먹은 다음 바나나 튀김을 만들어 먹은 다음 그린 카레를 만들어 먹었다. 요컨대 내가 만들고 내가 없애고 내가 만들고 내가 없애고 내가 만들고 내가 없애고 내가 만들고 내가 없앴다. 일종의 파괴와 소멸 연습인가. 흔적에 집착하지 않는 수련 같은 건가. 그건 요리의 장점 같았다. 그리고 나는 절대 요리는 안 할 사람이라는 사실도 덤으로 깨달았다. 요리에 관해서라면 나는 나의 결과물에 전혀 집착하지 않았다. 그게 문제였다. 내가 나 자신에 대해 실망하지 않는다는 것. 그것이 내가 요리사가 될 수 없는 1,818가지 이유 중 하나였다. 실망이 안 되는 구조. 어떤 것을 잘하려면 그 분야에 대한 실망을 타고나야 하는지도 모르겠다. 끊임없이 실망하고도 계속 좋아해야 전공이 될 수 있기 때문인가. 내가 만든 음식이 아무리 맛이 없어도 슬프지 않았고, 맛이 있다 해도 크게 기쁘지 않을 것 같다는 안도감이 들었다. 그래서 나는 남을 신경 쓰지 않고 내 속도대로 기분 좋게 흥얼거리며 사람이 먹을 수 없는 음식을 만들었다.

요리 클래스가 종료되자 요리 선생님이 모두에게 주황색 레시피 북을 나눠주었다. 왠지 김이 빠졌다. 기껏 배웠는데 집에 가서 혼자서도 할 수 있다는 점이(바보 같은 소리다). 아랍 부부는 "오! 고마워. 우리는 한 권만 줘. 우리는 같이 살거든!"이라고 말하며 요리 선생님에게 책을 반납했다. 그러자 플로리다 부부도 유쾌하게 웃으며 "우리도 한 권만 줘. 우리도 이제 같이 살거든!" 하고 말했다. 그래서 영혼 없는 리액션과 나는 그들을 축하했고 "우리도 서로를 사랑하지만 우리는 별거를 해서… 두 권 줘…"라고 답했다("Seperate 어쩌고…"라고 영혼 없는 리액션이 말했다). 커플이 아니니 요리책을 반납할 구실도 없고 해서 우리는 어쩔 수 없이 책을 각자 한 개씩 받아야 했다. 다음 날 숙소를 옮길 때는 두 권 모두 버리고 떠났다.

다음 날 한국에서 영혼 없는 리액션의 친구가 와서, 영혼 없는 리액션은 그 친구와 묵을 숙소로 옮겼고 나는 새 숙소로 옮겼다. 그리고 친구가 가면 다시 합치기로 했다. 그 친구가 오기 전에 그들이 묵는 수영장 딸린 숙소에 놀러 갔는데 고급 호텔이어서 그런지 탁자에 '베드룸 스토리 카드Bedroom Story Card(자기 전에 읽는 이야기)'와 크리스마스카드가 있었다. 천일야화처럼 매일 카드가 바뀌는 모양이었다(침대도 아라비안나이트에 나올 것처럼 모서리마다 나무 기둥이 있고 그 위에 천막이 쳐있다). 오늘의 베드룸 스토리는 사자와 쥐에 관한 이야기였다. 영어로 적혀 있어서 내 멋대로 읽고 있었다. 영혼 없는 리액션이 무슨 내용이냐고 물어서 "아, 길을 가다가 쥐가 커다란 사자를 만나서, 사자가 잡아먹으려고 했어. 그랬는데 쥐가 너무 불쌍하게 생겨서 그냥 놔줬어"라고 말했다. 영혼 없는 리액션은 감동적이라고 했고, 그런데 정말 그런 내용이냐고, 그럴 리가 없을 것 같다며 카드를 가져가 읽었는데(수능 영어 과외 선생님이다) 당연히 그런 내용은 아니었다. "나 같은 사람도 널 구할 수 있다"라고 말하는 작고 소중한 쥐에 관한 이야기였을 뿐.

재활

"오늘 버린 것은 살바도르 달리 스티커다."

치앙마이 올드타운에 있는 작은 잡화점에서 살바도르 달리
스티커 두 장을 사고 카페에 갔다. 달리의 긴 수염은 웃음을 자
아낸다. 슬프나 행복하나 기쁘나 아프나 일관되게 우스꽝스러
울 수 있기 때문이다. 그런 인간과 함께라면 삶이 덜 진지할 것

같다. 카페의 창가 자리에 앉아 소설을 썼다. 열린 창가에 낮은 덤불이 있었다. 그래서 달리 스티커 한 장을 덤불 위에 올려두니 달리를 자연 속에 풀어놓은 기분이 들었다. 달리의 이름은 '구원'이라는 뜻이다. 자신의 이름이 구원이라면 어떤 기분일까. 문구원. 문구원. 구원을 몸속에 내장한 사람. 밖에서 구원을 구하지 않고 가내수공업으로 공급할 수 있을 것이다. 자기 자신을 구할 수 있을 것 같다. 나는 덤불 위에 놓인 달리의 기운을 받으며 글을 썼는데, 정작 카페에서 나갈 때 그 자리에 달리를 두고 나와버렸다. 카페에 구원을 두고 오다니! 그래도 구원을 두 장 샀기 때문에 2차 구원을 받을 수 있었다. 두 번째 달리를 노트북에 붙이고 흐뭇하게 바라보고 있었는데 연락이 한 통 왔다.

대학교 친구가 근처에 머물고 있다는 연락이었다. 마침 병원에 의료 실습을 온 것이었다. 그런데 다음 날이 귀국이어서 오늘이 아니면 볼 수 없었다. 그래서 저녁에 핑강(치앙마이에 흐르는 강) 근처에서 만나 밥을 먹기로 했다. 이 친구를 임시로 닥터 치앙마이라고 불러보겠다. 닥터 치앙마이는 님만해민에서 지내고 있었고, 나는 올드타운에 거주하고 있었는데 핑강은 아주 동쪽에 있었기 때문에 개도 나도 동쪽으로 더 가야 했다. 가는 길에 내가 탄 택시와 다른 승용차 사이에 접촉 사고가 나서 길 한복판에서 정차했다. 견적을 내느라 시간이 지연되자택시 기사는 거리에 죽치고 있는 인력거에게 나를 맡겼다. 둘은 태국어로 흥정을 했고, 택시 기사가 비용은 자신이 청구할 테니 공짜로 인력거를 타라고 했다. 그래서 이제 난 공짜로 납치를 당하겠구나, 하고 생각했는데 다행히 인력거는 약속 장소인 나이트 바자에 내려주었고 거기서 닥터 치앙마이를 만났다.

마침 나는 아팠다. 태국에 오기 전에 시작된 열은 떨어지지 않았고, 천식이 심해져서 잠을 잘 수 없었다. 그래서 닥터 치앙마이를 만나자 "야, 나 좀 치료해주라" 하고 말했다. 그 전날엔 영혼 없는 리액션이 준 졸피뎀을 먹고 간신히 잠들었는데 자주 잠에서 깼고, 그걸 눈치챈 영혼 없는 리액션이 내 침대로 놀러와 나를 껴안아 주었다. 그녀는 거의 의사다. 그런데 아픈 의사다. 자신이 아파서 온갖 약을 상비하고 다니며, 나의 증상을 보고 약을 처방한다. 영혼 없는 리액션은 내게 해열제도 먹이고 후드티를 입혔다. 열을 식히려면 최대한 시원하게 입고 있어야 하는 거 아니냐고 반문하니 영혼 없는 리액션은 말한다.

"넌 잘못된 상식을 가지고 있어. 그것도 아주 많이."

앞으로 살아가는 동안 나는 이 사실을 잘 기억해야 한다. 잘못된 상식으로 빌어먹는 게 시인이라서, 잘못된 상식을 잃으면 X 된다고. 다만 좋고 선량하며 따뜻한 잘못된 상식을 갖고 싶다. 그게 뭘까? 시인은 의사가 아니어서 사람을 살릴 수는 없지만, 다정하고 못된 상식으로 누군가를 웃게 만들고 다정하게 살릴 수 있을지 모른다고 나는 생각했다. 영혼 없는 리액션은 내가 잠들 때까지 나를 토닥였다.

아, 진짜 의사인 닥터 치앙마이로 돌아가자. 닥터 치앙마이와 저녁을 먹고 피 뽑는 애기랑 천식, 벤조디아제핀, 심근경색, 심장내과의와 흉부외과의 차이 등에 관한 이야기를 하다가 너는 그럼 무슨 의사가 될 거냐고 물으니, 닥터 치앙마이는 지금은 닥치는 대로 배우는 단계인데 재활 의학에 관심이 간다고 했다. 나는 타인에 대한 책임감이 없어서 시를 쓰는 반면 의사에게는 타인에 대한 책임감이 없어서는 곤란할 것이다. 그러나 개는 자신이 누군가의 목숨을 살려도 크게 들뜨지 않을 것 같고 그래서 이미 좋은 의사인 것 같았다. 그런데 무슨 의사가 되고 싶냐는 질문에 '재활'이라는 답을 들었을 때 사실 그 단어가 꿈결처럼 들렸다. 닥터 치앙마이는 도중에 이런 말을 했다.

"어쩌면 나을 수도 있거든."

재활은 치료의 지루함에 대한 만반의 준비와 각오를 연상케 한다. 내 머릿속에 그려지는 재활의 이미지는 아주 아주 아주 아주 아주 아주 아주 아주 아주 아주 아주 아주 아주 아주 아주 아주 아주 아주 서서히 회복되어서, 기적이라고 부르기 뭣한 것. 민망할 정도로 느리게 낫는 것이다. 그런데 절대 나을 수 없는 사람이 치유되었을 때, 그것을 기적이라고 부르기 전에 재활이라고 부르면 더 좋을 것이다. 기적보다 더 좋은 말이 재활 같았다. 견딘 사람의 몫을 쳐주는 것 같아서. 기적보다는 재활이 더 성실한 것 같아서. 재활은 거저 얻은 게 아니라서 거저 잃을 것 같지도 않아서.

동시에 나는 닥터 치앙마이가 기적을 배제하지 않는 것도 좋았다. 그냥 낫는다는 말도 포기하고 싶지 않기 때문이다. 어쩌면 재활과 기적의 경계가 모호해지는 부분에 재활 의학의 아름다음이 있을지도 몰랐다.

사실 우리가 낫는 이유를 우리가 꼭 알아야 할 필요는 없을지도 모른다. 닥터 치앙마이와 나는 식당에서 나와 '모먼츠 노티스'라는 이름의 재즈 바로 기어들어갔다. 거기서 닥터 치앙마이와 나는 지갑에 돈이 얼마나 없는지 까먹고 술을 마셨다. 택시를 타야 했을 때 나는 돈이 있었지만 개는 돈이 없었다. 그래서 개는 걸어가겠다고 했다. 개는 자신이 그 거리를 걸을 수 있다고 믿고 있었고, 나는 그 믿음을 깨주어야 했다.

그 시간에 올드타운을 걸어본 것은 처음이었다. 아무것도 없었다. 있더라도 작게 존재했다. 황량한 검은 거리. 평화로운 폐허. 그러나 폐허에서 간간이 불빛이 보였다. 맥줏집에서 사람들이 파티를 하고 있었다. 그러나 조금만 걸어도 소리는 이내 잦아들었다. 다시 텅 빈 거리. 그렇지만 같이 걷는 사람에게 의지해야 할 정도로 어둡지는 않은, 어딘가 한 편이 환한 거리였다. 숙소 앞에서 헤어질 때, 나는 닥터 치앙마이에게 한국에서 또 보자고 했다. 그런데 내가 하고 싶은 말은 그게 아니었다.

"야, 너랑 있으니 마음이 따뜻해져. 시인들은 만나면 죽는소리만 하는데 너는 사람들이 낫는 얘기를 하잖아."

'다정하게 살리다. 미칠 정도로 지루한 속도로 살아나다.' 오늘 만난 친구가 집에 가고 내게 남은 문장이었다.

내면이 칼의 나라인 사람

"오늘 버린 것은 녹슨 눈썹 칼이다."

세 개나 있었는데 하나 남았다. 눈썹 칼로 다리털도 밀기 때문에 자주 사용하는데, 이상하리만치 자주 사라진다. 털 깎아야지, 하고 둘러보면 없어서 하나를 더 꺼내는 식이다. 샤워하면서 내가 칼을 먹나?

어렸을 적, 마술쇼인지 아니면 기인이 나오는 쇼에서 칼을 먹는 사람을 본 적이 있다. '저 사람은 몸 안에 이미 칼이 많아서 칼을 먹어도 괜찮은 건가?' 나는 그 인간의 내부를 상상했다. 내면이 칼의 나라인 사람. 내면에 칼을 기르는 사람. 오장육부 대신 칼이 수북이 쌓여 있는 풍경. 칼이 칼을 기다리고 있다가, 칼이 떨어지면 칼이 환영하며 받쳐주는 모습을.

치앙마이 서부에 위치한 '마이얌 현대 미술관'에 방문했을 때, 나는 필라 알바라신의 〈노코멘트No Comment〉라는 작품 앞에서 잠시 넋을 놓았다. 작품은 한 면의 벽 전체를 독차지하고 있었다.

사진 속 여자는 굵은 눈썹에 굵은 선을 가졌다. 등에는 약 열 자루의 칼이 산만하게 꽂혀 있다. 외투는 피로 얼룩져 있다. 그러나 여자는 별다른 반응을 내비치지 않는다. 허리 높이의 회색 턱에 몸을 기댄 채 담배를 피우고 있다. 무반응에 특화된 사람이거나, 무반응을 연습하는 사람인지도. 자신의 무반응에 동참하라는 듯이 그녀는 몸을 기대고 있다. 이거 해보면 꽤 좋다고, 그녀는 말하는 듯하다. 칼이라는 세상에 반응을 보이지 않으면 찌르는 데 흥미를 못 느낀 칼이 그냥 지나갈지도. 포식자가 나타나면 무생물이나 사물인 척하는 작은 동물들처럼. 불행이 닥쳤을 때, 반응을 보이지 않고 무반응으로 버티면 아무 일도 없었던 것처럼 어떤 시간이 얼렁뚱땅 흘러버리기도 했던 것 같다.

나는 여자의 정면을 상상한다. 앞만 보여준다면 다친 사람인지 모를 것이다. 피는 등에만 묻어 있다. 등에 칼 열 자루가 꽂혀 있다는 사실을 눈치채기 어려울 것이다. 그녀가 태연하게 담배를 태우며, 평온한 표정으로 눈을 감고 있기 때문이다. 그녀와 영화를 보고 식사를 하고 카페에서 이런저런 이야기를 나누고 담배를 피우는 상상을 한다. "안녕! 잘 가!" 하고 헤어질 때, 그녀의 뒷모습을 보고 식겁하는 풍경을.

"당신… 등 뒤에… 칼이…!"
"그래, 그래서 어쩌라고."

나라면 뒤로만 서 있을 텐데. 약속 장소에 나갈 때도 뒤로 걸어서 나갈 텐데. 나 좀 보라고. 나 다쳤다고.

"나 피 나."

"나 칼 맞았어!"

"몇 개인지 세어봐."

    아니다 다를까, 이 작품의 제목은 '노코멘트'다. "세상의 호들갑은 이제 사절입니다. 난 너무 지쳤어"라고 그녀는 말하고 싶었는지도 모른다. 자신의 상처에 대해 더 이상 설명하고 싶지 않다고 말이다. 어쩌면 칼은 그녀가 태어날 때부터 꽂혀 있었던 건지도 모른다. 눈, 코, 입과 같은 감각 기관으로서의 칼. 그럼 칼은 무슨 기능을 담당할까. 다시 한번 작품을 들여다본다. 칼이 날개처럼 꽂혀 있다. 등에 꽂힌 칼 열 자루가 동시에 퍼덕이는 상상을 해본다. 날개 칼이 서로 부딪히며 푸드덕거린다. 몸이 붕 뜬다. 잘 뜨지는 않지만. 삐걱거리면서 난다. 날면서도 그녀는 한 손에 담배를 쥐고 있다. 그녀를 생각하며 짧은 시를 끄적였다.

칼끝이 그녀의 살을 헤집는다

찢어지는 고통 속에서 날고 있다

이건 내 날개예요 그렇게 보이지 않더라도

그거 칼 아닌가요?

맞아요

난 날 때만 아파요

내가 한 마리의 개를
보고 있을 때

"오늘 버린 것은 생수통이다."

나는 한 마리의 개를 보고 있었다. 개는 아주 늙었고 사람 같은 눈을 가졌다. 나는 숨을 몰아쉬었다. 천식이 악화되어 한계에 달했을 때, 한국에서 신인류가 찾아왔다. 신인류는 친구의 이름이다. 엄마가 신인류에게 천식약과 벤토린을 퀵으로 부쳤고, 태국에 여행을 오기로 한 신인류가 가져온 것이다. 신인류가 가져다준 약 덕에 조금씩 나아졌다. 이상한 믿음이지만 천식이 생기면 물을 많이 마신다. 그러면 왠지 몸이 좋아질 것 같아서. 하지만 평소 물을 잘 안 마셔서 먹다 만 물통만 쌓인다. 그런데 물은 언제 썩는 걸까? 썩은 물인지 아닌지 구별하는 것은 쉽지 않다. 물은 생긴 것과 달리 속내를 알기 어렵다. 먹어도 되는지 아닌지 몰라서 생수통을 버렸고 신인류를 만나러 나갔다.

우리는 '굿 소울스'에서 과일 요거트볼과 버섯 샌드위치를 먹고 핑강 인근 재즈 바 모먼츠 노티스에 갔다. 그곳에서 신인류는 개와 물에 관한 슬프고 따뜻한 이야기를 들려주었다. 개는 물을 싫어한다고 했다. 개에게 물은 위험을 암시하는 신호라서 주인의 몸에 물이 묻으면 닦아준다고. 울면 다가와 얼굴에 묻은 눈물도 닦아준다고 했다. 물은 슬프고 위험하다고 생각해서, 그래서 주인이 샤워를 하고 나오면 몸에 묻은 물기를 혀로 날름날름 핥는다고 했다. 온몸에 눈물이 묻었다고 믿는 걸까? 그게 다 눈물인 줄 알아서 그러는 거라면 개는 사람이 도대체 얼마나 많이 운다고 생각하는 걸까? '사람이라는 동물은 샤워를 할 때마다 우나 봐.' 개는 그렇게 생각하며 주인이 온몸으로 운다고,

그래서 자꾸 몸에서 물이 샌다고 믿는지도 모른다. "누군가 울 때, 혀로 그 사람의 얼굴에 흐르는 눈물을 닦아주는 건 개 밖에 못하잖아요." 신인류가 말했다. 그래. 그건 사람이 하면 이상하지. 그런데 왜 이상하지? 나중에 한번 해볼까…? 그러나 개는 그것을 한다.

나는 한 마리의 개를 보고 있었다. 숨이 잘 쉬어지지 않았다. 길을 걷다가 그대로 푹 쓰러져 죽을지도 모르겠다는 생각이 들었다. 그러다 어제 새벽에는 갑자기 숨이 잘 쉬어졌다. 손가락만 한 작은 사람이 시원한 구름을 자신의 몸에 두르고 내 목구멍으로 뛰어들어 식도를 솨, 하고 훑고 지나간 것 같았다. 고속도로가 뚫린 느낌. 처음 숨을 쉬는 사람처럼 나는 숨이 고맙고 반가웠다.

나는 한 마리의 개를 보고 있었다. 어떤 허름한 카페에 들어가 벽에 머리를 기댄 채 숨을 기다리고 있었다. 눈곱이 너무 많이 껴서 눈을 계속 깜박이는 늙고 작은 개. 나는 숨을 찾으며 헐떡였다. 지나가는 물고기를 예의주시하며 상어처럼 기다렸다가 휙, 하고 낚아채듯 숨을 쉬어야 했다. 그때 어떤 사람이 나타났다. "어! 그 사람 맞죠! 비행기에서 옆에 앉은!" 나는 그녀를 알아보지 못했다. "네?" 하고 반문하는 동시에 나는 그녀를 기억해 냈다. 태국행 비행기에서 내 옆 옆자리에 앉은, 커다란 모자를 눌러쓰고 있던 사람이었다. 심지어 나는 비행기에서 그녀에 관한 소설도 썼다. 반갑기보다는 당황스러웠다. "이런, 나 저 사람에 대해서 썼는데. 소설이지만" 하는 생각이 들었고, 정작 소설까지 써놓고 나는 그녀의 얼굴을 알아보지 못했다.

그녀는 큰 키에 축 늘어지는 긴 옷을 입고 있었다. 그녀는 아름다운 미소를 가지고 있었다. 그녀는 반가운 얼굴로 "작가세요?"하고 물으며 내게 다가왔다. 그녀는 세 아이의 엄마였고 혼자 태국을 여행하고 있다고 했다. 치앙마이에 도착한 뒤, 그녀는 다른 도시에 갔다가 올드타운으로 돌아왔는데 나를 발견한 것이다. 그녀는 내게 궁금한 것이 많았다. 재미있는 점은, 그녀야말로 비행 여섯 시간 반 동안 나를 면밀히 관찰했다는 것이었다. 제3자가 본 문보영은 실제 문보영을 조금 놀라게 했다.

어떤 쪼끄만 여자애가 비행기 창가 측에 앉아 있다. 이 세상 패션은 아니다. 친구와 나란히 앉지 않고 앞뒤로 앉아 책을 읽고 있다. 그런데 책이 너무 많다. 어떤 책은 뜯긴 채 돌돌 말려 있다. 그 중 새 책을 읽더니 갑자기 몇 장을 찢는다. 그리고 일기장에 붙이고 다시 보석처럼 들여다본다. 옆에는 돼지 인형도 앉아 있다. 심상치 않다. 화장실도 안 가고 여섯 시간 반 동안 글만 읽고 글만 쓴다. 그러나 작가는 아닌 것 같다.

작가는 아니라고 생각한 이유

1. 일기장을 슬쩍 봤는데 작가일 수 없는 글씨체다.

2. 지나치게 산만하다. 책을 읽다가 주머니를 뒤지더니 아무것도 안 꺼낸다. 그러다가 다시 주머니를 뒤졌는데 주머니에서 주머니가 나오고 주머니에서 다른 주머니가 나오더니 책 쪼가리가 나오고 그것을 읽고서 반으로 접어 옆에 쌓아둔다. 책가방에서는 쉴 새 없이 뭐가 나온다. 문구류, 젤리, 과자, 돼지 인형, 아무 의미 없는 조각상, 양말, 수면 안대, 마스킹 테이프, 기하학 무늬의 반지 등… 잠시 조는 듯하더니, 불현듯 노트북을 꺼내 다다다닥 뭔가를 쓰더니 노트북을 탁, 하고 덮는다(그게 바로 그녀에 관한 소설이었다).

3. 노트북에 뭔가를 쓰고 나서 가방에서 커다란 공책을 꺼
내서 글을 쓰기 시작한다. 슬쩍 보니 별거 안 쓰고 있다.
"나는 지금 비행기에 있다", "방금 독서 등을 켰다" 따위의
일기다.

4. 돼지 인형을 살아 있다고 믿는 듯 보인다. 커다란 가방
에 넣어놓고 돼지가 숨을 쉴 수 있도록 얼굴만 내놓았다.
주기적으로 쓰다듬고 아이 컨택을 한다.

나는 그녀의 관찰력에 너무 놀라서 멍해졌다. 나도 그녀에
대해 관찰한 것을(내 관점에서는 사람에 대한 최소한의 관찰) 얘기
했는데 그녀도 나처럼 놀라며 말했다.

"본인도 다 봤네요! 그 정도는 보이죠(우린 다 보고 있어요)!"

그러나 정작 내가 기내에서 그녀에 관한 소설을 썼다는 것은
눈치채지 못한 것이 웃겼다. 일기장에 뭐라고 쓰는지는 봤다면
서 정작 그녀에 관해 쓰고 있는 것은 전혀 몰랐던 것이다. 그녀
에 관한 것만 쏙 빼고 다 본 것이다. 우리가 서로를 보고 있다는

사실만 빼고 다 보고 있었다는 게 약간 신비로웠다. 서로를 보느라 서로를 보는 서로는 보지 못한 것이다.

누군가 나를 관찰한 이야기를 들으니 좋기도 하고 신기하기도 했다. 그런데 이 느낌이 낯설지 않았다. 언젠가 누가 나에게, 자신이 나를 관찰한 이야기를 들려주던 때가 있었다. 그건 너무 오래전의 일이다. 그 사람은 내가 어떤 사람인지 자신이 관찰한 바를 나에게 알려주곤 했다. 나라는 사람의 영혼을 손끝으로 더듬어 보고, 까치발을 들고 내 벽을 기웃거려 보았다. 그런 모습이 사랑스러웠다. 나는 나를 아는 사람보다 나를 알려고 하는데 그게 잘 안돼서 끙끙거리는 사람을 더 애정하기 때문이다.

늙은 개는 여전한 뒷모습을 보여주고 있었고, 나는 그 개를 봤다. 그녀도 개를 바라보았다. "사람 같아요." 내가 말했다. 그런데 사람 같다는 게 뭔지, 욕인지 칭찬인지 껍딱지인지 천식 같다는 건지 하늘을 나는 자전거 같다는 건지 알 수 없었다. 그리고 벽에 기댔다. 그녀는 반캉왓에서 큰맘 먹고 샀다는, 축 늘어지는 회색 천 가방을 뒤적이더니 "뭐 줄 게 없나…" 하고 혼잣말을 했다. 따뜻한 분이었다. 그래서 나도 뒤지는 척했다. 뭐가 없었다. 그녀는 숙소에서 대여한 자전거를 가지러 카페 뒷마당으로 나갔고 나는 그녀를 배웅하러 따라 나갔다.

헤어지는 순간에도 우리는 소심하게 가방을 뒤적거렸다. 그리고 우리는 서로에게 줄 게 없다는 사실을 유쾌하게 받아들이며 헤어졌다.

실망하는 능력을 돌려줘

"오늘 버린 것은 스케줄러다."

세수를 하고 올드타운에 위치한 '심플리 해피'라는 이름의
카페로 향했다. 며칠 전부터 눈여겨 본 카페다. '단순히 행복하
다'라는 이름의 간판이 마음에 들었다. 나는 반사적으로 '복잡
하게 행복하다'라는 표현을 떠올린다. 둘은 어떻게 다르지? 나

는 단순하게 행복한 걸 좋아하나, 복잡하게 행복한 걸 좋아하나. 며칠 전, 치앙마이에 있는 예술가 마을인 반캉왓을 방문했다. 아기자기한 수공예품과 예술품을 구경할 수 있다. 작년에 방문하고 좋아서 이번에는 친구들을 데리고 재방문했다. 입구에는 '노트 어 북'이라는 완구점이 있다. 수제 노트를 파는 곳인데, 공책을 사면 표지에 원하는 문구를 적어준다. 내가 고른 노트의 표지에는 "Mad Majesty(화난 황제)"라는 문구가 적혀 있다.

"화가 난 공책이군!"

나는 공책을 사서 달래주고 싶었다. 마침 오래된 스케줄러를 다 썼는데 교체하면 좋을 것 같았다. 가게 주인이 도장으로 이름을 찍어주겠다고 했다. 건네준 작은 종이에 이름을 적는데, 문득 다른 걸 적고 싶었다. 화난 황제에게 필요한 무엇을. 화난 황제에게 내가 주고 싶은 것은… 행복이었다. 그래서 'HAPPY'를 적어달라고 했다.

그러면 'HAPPY Mad Majesty',
행복한, 화난, 황제,

행복하고 화난 황제,

행복하게 화난 황제,

행복하게 돌아버린 황제,

가 될 수 있을 것 같아서. 그런데 행복하게 화가 나는 건 어떻게 하는 거지? 왠지 알 것도 같았다. 가령 시를 쓸 때, 화가 난 채로 쓸 때가 있는데 약간은 행복하다. 행복하게 화난 상태로 시 쓰기. 내가 좋아하는 것. 가게 주인은 알파벳이 하나씩 적힌 나무 도장으로 공들여 'HAPPY'를 만들었다. 그런데 다 적고 보니

H

A

P

P

Y

가 되었다. H 도장의 하단 여백이 과하게 넓어서 찍고 나니

H와 A 사이의 거리가 멀어진 것이다. 앗, 행복이 멀어졌어…
나는 걱정했고, 뭔가 잘못된 것을 알아챈 가게 주인은 사과했
다. "미안해. 행복의 간격이 넓어져 버렸네.", "괜찮아요(행복인
건 맞으니까)!" 나는 대답했다.

H APPY Mad Majesty. 늦게나마 행복해진 화난 황제….
  나는 노트의 이름을 다시 붙이고 반캉왓을 돌아다녔다. 그리
고 어느 날, 심플리 해피에 다시 갔는데 문을 닫는 날이었다. 단
순한 행복이 문을 닫았군. 이게 바로 H와 A 사이 거리감의 정
체인가….

  행복이라. 아주 아팠던 시절이 떠오른다. 적극적으로 치유
를 갈망하던 때였다. 한 친구와 식당에 갔다. 그런데 국에서 머
리카락이 나왔다. 친구는 화가 났다. 국에서 머리카락이 나오지
않았다면 지금 이 시간이 훨씬 좋았을 거라고 믿는 듯했다. 나
는 놀랐고, 또 궁금했다.

  "국에서 머리카락이 나온 게 기분이 나빠? 그게 기분이 나쁠
수 있어? 그럴 수 있단 말이야?"

나는 놀라는 나 자신에게 놀랐다. 그러는 나는 국에서 머리카락이 나왔는데 왜 아무렇지 않았던 걸까? 함께 온 친구를 너무 좋아해서? 그 친구와 있으면 다른 것은 아무 상관이 없어서? 그 때문은 아니었다. 다른 사람과 왔더라도 국에서 머리카락이 나왔던들 개의치 않았을 것이다. 왜냐하면 어느새 나는 상관하지 않는 사람이 되어버렸기 때문이고 실망할 수 없는 사람이 되어버렸기 때문이었다. 실망할 줄 모르는 사람. 실망이 안되는 인간. 식당에 갔는데 서비스가 별로이거나 음식이 별로여도, 좋아하는 카페가 문을 닫아도, 비가 너무 많이 내려서 온몸이 젖어도, 누가 도장을 잘못 찍어줘도, 누가 나에게 화를 내도, 반대로 누가 나를 좋아해도, 아무것도 중요하지 않고 실망스럽지 않았다. 아무것도 중요해지지 않고, 아무것도 중요해질 수 없다는 것이 문제였다.

국에서 머리카락이 나왔을 때와 머리카락이 나오지 않았을 때의 기분이 동일하다는 것. 국에서 머리카락이 나왔는데 울지 않는다는 것이 문제였다. 그게 내가 상실한 것이었다. 나는 오래도록 실망하는 능력을 잃어버린 것이다.

그러니 당연히 행복의 능력이 있을 리 없었다. 머리카락에서 국이 나왔다고 조그맣게 불평하는 친구를 보았을 때, 그리고 그 친구와 어떤 카페에 갔을 때, 좋은 자리를 찾는 그 아이를 보며 나는 그 친구가 내 곁에 있어 주었으면 하고 바랐다. 걔 옆에서라면 내가 무엇을 바라야 할지 알 것 같았다. 더 나은 것을 욕망할 수 있을 것 같았다. 재활이 가능할 것 같았다. 더 나을 수 있다고 믿고, 더 좋아질 거라고 믿고, 그것을 소망하고, 그래서 어느 날 실망하는 능력을 되찾을 수 있을 것 같았다.

　　그리고 닫은 심플리 해피 앞에서 실망하는 나 자신에게 '여기까지 잘 왔다고, 넌 많은 발전을 한 거라고' 작은 칭찬을 하고서 골목을 돌았다.

3부

포장지를 버리지 못하는 마음

포기 예찬

"오늘 버린 것은 시작 노트다."

침대에 배를 깔고 누워 시를 끄적이다가 침대에서 나왔다.
자기 직전에 돌연 섬뜩한 느낌에 휩싸일 때가 있다. 온수 매트
를 틀고 휴대용 물주머니를 품고도 한기를 느낀다. 겨울은 나
에게 번거로움 같은 것이다. 몸을 따뜻하게 덥히고 온갖 천으로

몸을 감싸주고 주변 온도를 높인다. 그래도 가만히 있으면 추워지므로 몸을 놀려 체온을 올린다. 겨울에 나는 끊임없이 보채는 아기다. 내가 나를 달래줘야 하는 계절. 냉랭해진 휴대용 물주머니에 뜨거운 물을 담으면서 이 번거로움을 끝내고 싶다는 느낌이 들었다.

일요일까지만 해도 나는 망하지 않았다(고 생각 했다). 그런데 월요일과 화요일 동안 나는 망했다(는 사실을 인정했다). 할일이 너무 많아 숨이 막히고 식은땀이 흘렀다. 정신을 차리기 위해 딸기를 씻어 물기를 털어내고 그릇에 담고 작은 컵에 사과즙을 담아 방으로 가져왔다. 시작 노트를 펴고 나무 연필의 끝을 뾰족하게 깎았다. 내가 우선순위를 정하는 방법은 할 일들을 공책에 가지런히 적은 다음 가장 무서운 것을 고르는 것이다. 내가 가장 무서워하는 것은 내가 가장 사랑하는 것일 가능성이 크다. 그것은 다음 달 마감인 시집 원고 탈고였다. 그런데 시를 열 편도 모으지 못했다. 남은 두 달 동안 스무 편의 시를 써야 하는데 도무지 엄두가 나지 않았다. 시가 아닌 다른 걸 하려고 하면 나는 나에게 제약을 가했다.

그거 할 시간이 어딨어.

그거 할 시간이 어딨어.

그거 할 시간이 어딨냐고.

그런데… 그거가 삶이고 삶이 그거인데… 자잘한 '그거'들로 이루어진 게 삶인데 말이다. 삶에서 '그거'들을 제하니 몸을 덥혀도 해결되지 않는 정신적 한파와 예민함만 남았다. 번거로움에 크게 반응하는 모습을 보고 내가 예민해졌다는 사실을 알았다.

예민하거나 불안하면 수능 꿈을 꾼다. 꿈에서 나는 고등학생인데 내일이 수능이다. 그러나 나는 준비된 상태가 아니다. 지수 로그와 로그 함수와 삼각 함수와 수열도 못 끝냈는데, 알고 보니 내가 (갑자기) 이과생이어서 수Ⅱ도 공부해야 한다는 것이다. 이 모든 사실을 나는 수능 전날 (갑자기) 알아차린다. 나는 꿈에서 하루를 살고 고사장에 간다. 마킹할 때 쓰는 컴퓨터용 사인펜을 챙겨오지 않았다. 그런데 꿈에서 컴퓨터용 사인펜은 일종의 식물이어서 씨앗일 때부터 길러야 한다. 펜을 잘 키워서 가져오는 것 또한 시험의 일부였던 것이다….

오래전, 나는 수능이 끝나는 날 다짐했다. 앞으로 절대 수능 같은 건 다신 안 보겠다고. 내가 이렇게 살아주나 보자고. 당시의 나는 삶을 살고 있는 게 아니라 삶을 '살아주고' 있었다. 살아주는 것과 사는 것은 다른 것이라는 사실을 이제는 안다. 그래서 '준최선의 롱런'을 하고 싶은데, 한 구독자의 이름처럼 최최선의 숏런을 하게 생긴 것이다. 나는 연필을 탁, 놓고 짐을 싼 뒤 밖으로 나갔다. 자전거를 타고 인력거네 집 앞에 가서 인력거를 불러냈다. 인력거가 내려오는 동안 나는 내 안에서 작은 결정이 움트는 것을 느꼈다. 그것은 아주 소중하고 연약한 것이었다. 소중해서 아껴줘야 하고 물을 주고 조심히 길러야 하는 새싹 모양의 포기였다. 왜 포기라는 대안을 생각하지 못했을까? 한 번 떠올리니 두 번, 세 번 떠올리는 건 쉬웠다.

인력거: 어떻게 두 달 만에 스무 편을 써. 김수영 시인도 한 달에 한 편 썼대. 네가 열 알의 김수영을 품은 닭도 아니잖아…?

포기 인간: 김수영 시인, 감사합니다. 포기의 근거가 되어주셔서.

나는 길가의 풀잎에게 인사했다. 포기하자 삶의 '그거'에 해당하는 길가의 풀잎도 눈에 들어왔다.

　　포기 인간: 난! 포기하겠어! 지금 이후로 포기를 선언한다!
　　인력거: 내가 본 너의 모습 중에 가장 시인 같았어!

　　나는 내 안의 포기 인간에게 속삭인다. 지금 나는 시를 포기하는 게 아니라, 안 좋은 시를 쓰는 것을 포기하는 거라고. 마감은 손님으로 모실 때 가장 근사하다. 그분은 나와 시가 우리들의 집을 잘 꾸민 다음 초대해야 하는 분이다. 마감은 잘 모셔야 하는 손님인데 우리 집이 엉망일 때 마감 손님을 들이면, 마감이 우리 집에서 설거지를 하고 방바닥을 쓸게 된다. 나는 길가의 쓰레기통에 가방에 있던 시작 노트를 버렸다. 억지로 쓴 시들이 적힌 노트였다. 그리고 카페에 들어가 노트북을 켰고, 두려움과 용기로 범벅된 채 출판사에 보낼 이메일을 썼다. 아주 아주 무섭고 두렵고 송구스러웠다. 시집을 낼 수 없을 것 같다고, 죄송하다고 길게 길게 썼다. 포기 이메일을 작성하는 나의 웅크린 뒷모습을 향해 인력거는 외친다.

"여러분, 어서들 와서 구경하세요! 시인이 드디어 시. 를. 쓰. 고. 계. 십. 네. 다. 아!"

이메일을 보내자 세상이 다시 '그것'들로 넘쳐났고 그러자 비로소 시를 쓸 수 있을 것 같아 배를 깔고 신나게 시를 썼다. 오늘의 일기를 쓰면서 떠오른 자끄 프레베르의 시 한 편을 옮기는 것으로 일기를 마무리 해본다.

범죄 시간 | 자끄 프레베르

경찰관: 12월 25일 0시에 당신은 어디 있었습니까?

살인범: 별 우스운 질문을 다 하십니다. 0시라면 난 아무

데도 안 있었을 수밖에요

경찰관: 맞아요 당신은 자유요

살인범: 시간처럼.

포장지를 버리지 못하는 마음

"오늘 버린 것은 포장지다."

《닫힌 방》에서 샤르트르는 지옥을 그리려 했는데 그 지옥에는 마그마나 용솟음치는 불길이 없었다. 그저 작은 방에 낯모를 타인 세 명이 있었고, 그들은 언제까지고 미친 듯이 떠들어야했다. 그것이 샤르트르가 생각한 지옥의 형상이었다.

내가 이 소설을 다시 한 번 떠올린 것은 우체국에서 우편 일기를 부치고 근처 카페에 갔을 때다. 바닐라 라테 한 잔을 주문하고 시를 끄적이고 있었는데 어디선가 귀에 거슬리는 소리가 났다. 뭔가가 끊이지 않고 부스럭거리는 소리였다. 나는 끊이지 않는 비닐 소리에 대한 막연한 공포가 있다. 가령 지하철같이 폐쇄된 공간에서 정체불명의 비닐 소리가 들릴 때 식은땀이 나거나 신경이 날카로워지곤 한다. '그만… 그으마안… 제발 그만…' 하고 바라며 속으로 열을 센다. 그래서 내 지갑에는 귀마개가 들어있다. 귀마개가 없을 때 대처하는 방법은 대상을 찾는 것이다. 소리의 근원을 찾아 똑바로 쳐다보면 한결 나아진다. 어떤 사람이 비닐봉지 속 복숭아의 개수를 세어보는 모습이나 비닐봉지가 사람의 다리나 봉에 부딪혀 소리를 내는 장면을 보면 불안이 조금 잠잠해진다. 소리의 이유를 납득하거나 눈으로 확인하면 호전되는 것이다.

바닐라 라테를 마시며 시를 끄적이다가 낯모를 두 인간에게 눈을 돌리게 된 것 역시 부스럭거리는 포장지 소리 때문이었다. 그 소리에 갑자기 신경이 날카로워지면서 뇌의 주름이 한층 선명해지는 고통을 느꼈다. 재빨리 주변을 스캔했다. 구석에 앉아 있는 자들이 눈에 들어왔다. 네 명으로 구성된 무리였다.

　이미 카페의 다른 손님들도 그들을 주목하고 있었다. 그들 중 하나가 주기적으로 "닥쳐"라고 외치고 있었기 때문이다. 그 사람은 하얀 박스 티를 입고 있었다. 네 명 중 세 명이 대화에 참여하고 있었고 하얀 박스 티는 듣고 있었다. 그런데 박스 티는 파란 모자를 쓴 자가 입을 열 때마다 "닥쳐" 하고 외치며 끼어들었다. 파란 모자가 "그래서 집에 가기 전에 편의점에 들렀는데…" 하고 운을 떼면 "닥쳐" 하고 끼어들고는 빨대 포장지를 집게손가락과 엄지손가락으로 만지작거리는 식이었다. 그리고 나머지 두 명이 재미있게 떠들면 다시 잠잠해졌다가 파란 모자가 "나는 2층이 좋아. 통유리가 있는 2층 카페에는 종업원의 눈길이 닿지 않아서도 좋고 시야도 트여 있잖…" 하고 말하자 말이 끝나기도 전에 "닥쳐"라고 말하며 다시 포장지를 만지작거렸다. 그 장면은 꽤나 인상적이었다. 왜냐하면 그들 중 '닥쳐'라는 말을 심각하게 받아들이거나 이상하게 여기는 사람이 없었을 뿐더러 나아가 일종의 놀이처럼 보였기 때문이다. 그 이유는 '닥쳐'라고 말하는 박스 티가 파란 모자를 좋아한다는 사실을 모두가 암암리에 알고 있기 때문이었다. 이유 없이 화나 있다는 점에서, 혹은 이유 없이 서운해 한다는 점에서 그것이 사랑이라는 걸 누구나 눈치 채고 있었던 것이다.

파란 모자는 박스 티를 쳐다보더니 빙긋 웃고는 2층이 좋은 이유에 대해 다시 설명했고, 박스 티는 빨대 포장지를 만지작거리며 (딴청을 피우며) 자신만의 방식으로 파란 모자의 말을 경청했다. 파란 모자의 말을 자세히 듣고 있기 때문에 정작 빨대 포장지가 부스럭거리는 소리는 본인에게는 들리지 않고 내게만 크게 들렸던 것이다.

좌우간 내 귀에는 "닥쳐"라는 욕설보다 포장지 부스럭거리는 소리가 더 크게 들렸는데 이번에도 원인을 알고 나니 별로 거슬리지 않았다. 웃긴 인간들이로군, 하고 혼자 실실거리다가 문득 샤르트르가 떠올랐으며, 지옥과 천국의 모습은 결국 한 끗 차이인지도 모르겠다는 생각이 들었다. 지옥이 지옥이라면 그곳에도 타인이 있기 때문일 것이고, 천국이 천국이라면 그곳에도 타인이 있기 때문일 것이다.

세상의 모든 포장지란 웃긴 것이다. 나는 어려서부터 포장지를 수집하곤 했다. 선물을 받았을 때, 선물을 버려도 포장지는 버리지 않았다. 선물의 전부를 간직하고 싶어서였나? 그런 나를 잘 아는 엄마는 포장지를 가리키며 "안 버릴 거지? 줄까?" 하고 내 의사를 물어보곤 했다. 포장지의 가장 큰 미덕은 시끄럽다는 점이다. 포장지가 내는 소리는 선물을 받기 직전에 드는 감정과 조건 연합되어 있어서 부스럭거리는 소리만으로 기분이 좋아진다. 포장을 하는 이유는 선물과 함께 행복한 소리를 주고 싶어서인지도 모른다. 그래서 포장되어 있지 않은 선물은 약간 김이 빠진다. 심하게 말하면, 사실 포장지를 받으려고 선물을 받는지도 모른다. 진짜 선물은 내용물이 아니라 선물을 푸는 장면이기 때문인가(포장지는 환경에 해로우므로 과한 포장은 자제해야 하지만…).

나는 포장지를 책가방에 넣고 다니곤 했다. 가방에서 부스럭거리는 소리가 나는 게 좋았기 때문이다. 특히 학습지 선생님이 가방에서 펜을 꺼내는 순간을 좋아했다. 학습지 선생님들은 자잘한 선물을 자주 주기 때문에(가령 지우개나 연필깎이, 빨간 펜 등) 가방에 늘 포장된 무언가가 있었다. 선생님이 가방에서 학습지를 꺼낼 때 들리는, 선물을 암시하는 은근한 포장지 소리는 어린 나를 늘 기분 좋게 했다. 그래서 누군가를 만나러 갈 때 가방에 포장지를 넣어둔다면, 가방에서 휴대폰을 꺼낼 때 상대방에게 설렘과 실망을 세트로 줄 수 있다. 좌우간 나는 포장지를 버리지 않아서 방이 늘 엉망이었다. 나는 버려야 할 것들은 버리지 않고 버리지 않아야 할 것들은 버리는 꼬마였다. 쓰레기를 쟁여두는, 쓰레기에 집착하는 이상한 꼬마.

지금은 포장지를 모으던 버릇은 사라졌다. 오늘 산 물건들을 가방에서 꺼내 책상에 부려놓았는데 반사적으로 쓰레기통을 가져오는 내 모습에 놀랐다. 뭔가를 샀다는 건 쓰레기가 나온다는 뜻이기 때문이다. 가위로 태그를 떼거나 줄이나 끈을 자르고 충전재를 빼고 포장 비닐을 끌러 버려야 하기 때문이다. 사자마자 버려지는 것이 포장지인 것이다. 불쌍하고 쓸쓸한 존재군! 정말 이상해. 포장지를 왜 버려야 하지? 포장지를 살리는 방법은 없나. 누군가에게 밀봉된 박스나 편지를 건네며 "이건… 내가 죽으면 열어 봐…"라고 말하는 어떤 소설들이 떠오른다. 그런 이야기가 재미있는 이유는 내용물이 궁금해서가 아니라 포장지가 장수해서다. 덕분에 선물의 생명은 연장되고 이야기는 이어진다. 포장지가 있는 한 부스럭거릴 수 있고 계속 소리를 낼 수 있을 것이다. 풀어보지 않는 한 선물은 계속 존재감을 유지할 수 있으며 선물로서의 정체성과 체면을 지킬 수 있을 것이다.

지난주에는 낭독회에서 포장이 화려한 꽃다발을 받았다. 해바라기라는 설명을 들어야 해바라기라는 사실을 알 수 있는 꽃이었다. 중앙에 검은색 원이 없고 전체가 노란색이었기 때문이다. 꽃다발의 가장 큰 미덕은 과장된 소리다. 꽃다발만큼 시끄러운 선물도 없다. 지하철을 타고 오는데 꽃다발을 들고 있는 것만으로 나의 존재감이 부각되었다. 어쩌면 타인에게 포장지를 선물하고 싶은데 그건 좀 미안하니까 꽃을 덤으로 주는 게 아닐까? 사실은 포장지를 꽃으로 포장하는 게 아닐까? 모든 선물의 본질은 포장이 아닐까? 포장하는 마음을 주고 싶은 게 아닐까? 마음을 포장한 게 선물이니까. 마음을 풀 때 들리는 부스럭거리는 소리가 선물이니까. 포장이 마음이고 마음이 포장이고 세상이 근사한 포장이라서.

인싸와 아싸

"오늘 버린 것은 신발 앞코에 넣는 신문 뭉치다."

시를 좋아하기 시작한 대학생 시절, 갓 사귀기 시작한 어떤 커플에게 사랑 시 선집을 선물했다. 처음으로 누군가에게 선물한 시집이었다. 둘은 시집을 받고 방방 뛰었다. 나중에 그들은 고맙다며 내게 밥을 샀고 선물을 받은 후기를 들려주었다. 둘은 시집에 실린 어떤 문장들을 우스꽝스러운 말투로 읽었다. 내가 들어도 감상적이고 유치했다. 둘은 콩트에 나도 동참하기를 바라며 깔깔 웃었다. 내가 쓴 시도 아닌데 얼굴이 붉어졌고, 시집을 선물했다는 것만으로 나는 진지충을 겸하는 감상충이 되어 있었다.

그 뒤로 누구에게 책을 잘 선물하지 않는다. 첫 번째 이유는 나의 취향이 반영된 선물보다는 상대방의 취향을 반영한 선물이 좋은 선물이라는 생각이 들었기 때문이고, 두 번째 이유는 나의 취향이 반영된 선물을 주는 행위는 내 존재의 일부까지도 조금 떼어주는 것이기 때문이다. 그렇기 때문에 내가 준 선물이 비웃음을 살 때, 나는 선물 자체가 아님에도 슬픔을 느끼는 것이다. 이것은 취향과 정체성의 문제이기도 한데, 내가 좋아하는 것의 목록이 곧 내가 되는 현상은 어떤 원리에 기반할까?

가령 "난 ○○ 책을 좋아해!" 하고 말했는데, 친구가 "어! 나도 읽어봤는데 별로던데"와 같은 피드백을 할 때, 내가 그 책의 저자도 아닌데 나까지 부정당한 기분이 들곤 한다. 그 이유는 내가 무언가를 좋아한다면 그것을 좋아한다는 이유로 나도 그

존재에 동참하게 되기 때문인지도 모르겠다. 그러니까 내가 누군가를 좋아하면 나는 그 인간을 구성하는 수억 개의 영혼 세포 중 한 개 정도를 담당하게 된달까. 그리고 내가 좋아하는 인간 또한 (내 존재를 알지 못한들) 내 영혼 세포 중 한 개가 되어버린다. 이것은 동일시가 아니라 연결의 문제다. 사람의 영혼이 얼키설키 엉켜 있다는 연기설은 이런 의미인지도 모른다.

취향이 정체성을 구성하는 문제는 우리 시대를 관통하는 키워드 '인싸와 아싸'와 긴밀하게 연결되는지도 모른다. 처음 '인싸템'이라는 개념을 들었을 때, '희한한 개념이군!' 하고 생각했었다. 내가 무엇을 들고 다니느냐에 따라 인싸가 되고 아싸가 되는 것은 흥미롭다. 인싸템은 대체로 명품과는 거리가 멀다. 우리 시대는 재력이 아니라 취향이 개인의 정체성을 결정하는 쪽에 가깝다. 뭔가를 좋아한다고 말할 때, 그 목록에 근거해 내가 규정되거나 평가되는 일은 꽤 일반적이다. 그래서 어떤 사람들은 함부로 규정되거나 평가되지 않기 위해 좋아하는 것들의 목록을 비밀에 부치기도 한다. 둘은 여전히 소비의 영역이지만 인싸템은 대체로 누구나 살 수 있는 아이템인 경우가 많다. 명품이 타인의 박탈감에 기반한 자기 차별화와 자기 증명이었다면, 인싸템은 '나도 샀다. 그래서 어떤 원 안에 들어왔다'라는, 요컨대 무리에 꼈다는 인식에 기반한다. 전자는 타자와의 분리를, 후자는 타자로의 합류에 가까운 듯하다. 그래서 요즘엔 마케팅 문구에서 '인싸템'이라는 수식이 자주 보인다.

문 시인 신작 시집《배틀그라운드》
인싸템! 인스타에 올리면 인싸 인증!
(내 시집을 산 사람들이 인싸가 되면 좋겠다…)

그런데 인싸란 도대체 뭘까? 간헐적으로 '인싸'라는 말을 들을 때가 있다. 처음에 그 말을 들었을 때의 기분은 안 좋은 쪽에 가까웠다. "너 완전 인싸야~"라고 말하는 상대방은 왠지 그 경계의 바깥에 서 있는 것 같았기 때문이다. 우리가 같은 영역에 있지 않고, 나는 안쪽에 친구는 바깥에서 그런 말을 하는 것처럼 들렸다. 인싸라는 말을 들으면 누군가의 '소외감'부터 떠오른다.

내가 인싸라면 밖에 있는 사람에게 송구스럽고, 내가 아싸라면 무리에 끼지 못해 서럽다. 어디서는 "문 시인은 핵인싸죠"

라는 말을 들을 순 있어도, 원을 어디에 그리냐에 따라 "요즘도 누가 시 써요?"라는 말을 듣는 자명한 아싸가 되기도 한다. 준거 집단을 무엇으로 상정하느냐에 따라 나의 정체성이 결정되고 자존감이 흔들리는 것이다. 세상을 경계 짓는 어떤 벽이 있어서 까치발을 들고 벽 안쪽을 바라보는 것, 안쪽에 소속되어야 한다는 불안은 내가 오롯이 나 자신으로 존재하는 것을 방해한다. 타인을 동원해 나를 증명하는 방식은 무척 피곤하기 때문이다. 차라리 인싸도 아니고 아싸고 아니고 아뿔싸에 가까운 사람으로 살아가는 편이 좋을지도 모르겠다.

그래서 가급적 필드에 대한 감각을 무시하려고 애쓴다. 경계에 대한 무지는 내가 나 자신에게 집중하게 해줄지도 모른다. 어딘가에 껴야 한다는 시달림. 언젠가 친구가 초록불이 켜진 횡단보도를 가리키며 말했다. "뛰자!" 그리고 안에 들어섰을 때 친구는 말했다. "발을 들였으니 이제 천천히 걸어도 돼." 그러니까 '뛰자! 할 때의 그 기분, 영역 안으로 진입해야 한다는 번거로움. 배틀그라운드의 원 안으로 들어가야 하는 불안' 없이 살아가 보는 것이다.

그렇다면 내가 좋아하는 것은? 내가 생각하는 진정한 인싸템은? 나는 신발 가게에서 새 신발을 신어볼 때, 운동화 앞코에 처박힌 구겨진 신문지와 발가락이 닿을 때의 느낌을 좋아한다. 언젠가 그런 나를 보고 친구가 이상한 눈길로 쳐다본 적이 있다. 누군가에게 좋아하는 시집을 선물하는 것으로 내 존재를 들켰을 때 느꼈던 수치심이 몰려왔다. 내가 뭔가를 좋아한다는 사실은 왜 종종 쪽팔림이라는 감정과 연동될까? 그러나 언젠가 오늘 버린 운동화 앞코에 박힌 구겨진 신문지가 인싸템이 올 날도 있을 것이다.

말비빔 언어 샐러드

"오늘 버린 것은 먹다 만 샐러드다"

나는 비비는 음식은 다 좋아한다. 비빔밥, 비빔면, 자장면, 샐러드 등. 음식이 본래의 형태를 잃고 망가지는 모습을 사랑한다. 다 만들고 망가뜨리는 재미. 비비는 음식은 상대방에게 점수를 딸 때 사용하기에도 좋다. "내가 비벼줄게. 나 잘 비벼."

누군가 내 음식을 가져가 멋지게 비벼서 주면, 내가 비빈 것보다 맛나다. 오늘은 혼자 샐러드를 비벼 먹다가 다 먹지 못하고 버렸는데, 문득 며칠 전 친구가 들려준 샐러드에 관한 재미난 일화가 떠올랐다.

내 친구 닥터 치앙마이는 현재 폐쇄 병동에서 실습 중이다. 본과 4학년인 닥터 치앙마이는 오전에는 병동에서 환자들과 시간을 보내고 오후에는 수업을 듣는다. 병원에서 환자들과 탁구를 하거나 보드게임도 할 수 있는데, 닥터 치앙마이가 가장 좋아하는 것은 윷놀이다. 그런데 정신병동 환자들이 전반적으로 잠을 많이 자고, 늦게 일어나서 윷놀이를 못하고 있다. 이번 달은 정신과, 다음달은 내과, 흉부외과 순으로 병동 실습을 도는데, 기대했던 것과 달리 정신과에 큰 관심이 가지 않는 모양이다. 실습생인 닥터 치앙마이는 환자를 쫓아다니며 대화를 나누고 관찰해야 한다. 그런데 환자들이 질문을 반기지 않고, 심지어 조금 괴로워한다는 것이다. 꾸준히 미안한 감정을 느껴야 하는 점이 힘든 모양이다.

닥터 치앙마이가 읽고 있는 책에 따르면 조현병의 발병률은

1퍼센트다. 사실 조현병은 매우 다양한 증상과 징후를 보이므로 '조현병 스펙트럼'이라고 일컫는다. 조현병 스펙트럼의 하위 범주에 조현병, 조현정동장애, 조현양상장애, 망상장애, 긴장증, 단기정신병적장애 등이 포함된다. 위험 인자로는 신체적, 정서적, 성적 학대와 따돌림, 소아기 외상 경험, 대마초 흡연 등이 있으며 임상 양상은 크게 네 가지로 나타난다. 정신병적 증상, 와해 증상, 음성 증상 그리고 병식 결여.

이중, 내가 관심을 보인 부분은 와해 증상에 속하는 '와해된 언어'였다. 조현병에 나타나는 와해된 언어에는 연상 이완, 지리멸렬, 말비빔, 우원증, 사고 이탈 등이 있다(참고: 《신경정신의학》, 대한신경정신의학회)

우원증: 말하고자 하는 바를 직접적으로 말하지 않고 불필요하게 상세한 설명이나 언급을 지나치게 섞어서 말하는 것.

사고 이탈: 그보다 더 심한 상태로 애초에 말하고자 하는 바와는 전혀 딴 방향으로 생각이 흘러가 버림.

연상 이완: 생각이 한 주제에서 연관성이 없는 다른 주제로 진행하는 것. 연상 이완이 아주 심하면 전혀 이해되지 않는 생각이나 말을 하는 '___'이(가) 나타나고 더 심하면 여러 개의 단어나 구절을 아무렇게나 섞어 말하는 말비빔(Word Salad)을 보인다.

여기서 퀴즈! 빈칸에 들어갈 말은? (중복 응답 가능)

A. 지리멸렬
B. 시
C. 간지

책에 따르면 지리멸렬이 답이고, 영어로는 Incoherence이다.

'말로 비빔밥을 만들다', '말로 샐러드를 만들다'라는 표현에 나는 눈을 빛냈다. 닥터 치앙마이는 즉석에서 예를 들어주었다. "음… 가령, 이런 식이야. 산토끼는 산에 가서 산을 덮고 자야지. 왜냐하면 오늘은 욕조 청소를 하는 날이고 나는 자장면을 사랑해." 닥터 치앙마이가 말하고, 나는 들떴다. "와… 시 같아…." 나는 마침 읽고 있던 앙드레 브르통의 《초현실주의 선언》에 소개된 '초현실주의 대화'를 읊어주었다. 그리고 읽는 김에 며칠 전에 쓴 시와 에두아르 르베의 《자화상》의 한 구절도 읽어주었다.

조현병 환자의 와해된 언어 예시	초현실주의 선언에 수록된 초현실주의 대화법
산토끼는 산에 가서 산을 덮고 자야지, 왜냐하면 오늘은 욕조 청소를 하는 날이고 나는 자장면을 사랑해.	"나이가 어떻게 되지요?" "당신입니다." "이름이 무엇인지요?" "마흔다섯 채인데요"
오늘자 문 시인의 시 l 모험	에두아르 르베의 소설 l 자화상
집을 나갔다. 집의 입장에서 나는 침이고, 집은 침을 뱉었다. 너는 누구니? 아주 조금이다. 너는 얼마나 살고 싶니? 절벽이다. 너는 얼마나 죽고 싶니? 나는 유창해진다.	나는 내가 글을 쓰는 이유를 모른다. 나는 기념물보다는 유적을 더 좋아한다. 나는 동창회에서 조용히 있는다. 나는 망년회에 대해 아무런 반감이 없다. 내가 언제 죽든 열다섯 살은 내 인생의 중간이다. 삶은 있지만 죽음 후의 죽음은 없다고 믿는다.

문학 작품에서 가져올 수 있는 예시는 끝이 없다. 이 텍스트들의 경계를 더듬어 본다. 너는 이 네 텍스트가 보이는 모종의 연관성에 뜨끔한다. 나는 반사적으로 숨긴다. 내가 언어 샐러드를 좋아하는 사실을. 뒤죽박죽 말하기를 좋아한다는 걸. 우후죽순 말하기에서 해방감을 느끼며, 지리멸렬한 말하기, 이리저리 흩어지고 찢기어 갈피를 잡을 수 없이 말하기를 사랑한다는 걸. 시인으로 살면서 가장 많이 듣는 질문은 두 가지다. "뭐 먹고살아요?" 그리고 "무슨 말인지 이해가 안 가요". 그래서 고요히 읊조려 본다. "시인이니까, 알아들을 수 있게 말하라는 명령에 침 뱉고 튑니다." 정해진 순서대로 말하는 게 괴롭습니다. 천방지축으로 말하고 싶어요. 이해 가능한 형태로 존재하라는 명령이 이해가 가지 않습니다. 말과 말 사이에 구멍을 뚫어 환기하고 싶습니다. 숨을 쉬고 싶어요. 비약하고 싶습니다. 언어를 해방하는 작업이 나의 직업이며 나의 놀이이고 나의 본질이에요. 이해란 이상한 것이다. 클라리시 리스펙토르는 《달걀과 닭》에서 이렇게 말한다.

"이해란 착각의 증거이다. 달걀을 이해하는 것은 달걀을
보는 옳은 방식이 아니다. 달걀에 대해 절대로 생각하지

않음, 이것이 바로 달걀을 목격했다는 한 방식이다. 내가 달걀에 대해서 모르는 것, 그것이야말로 진짜 중요하다. 정확히 내가 달걀에 대해서 알지 못하는 바로 그것이 내게 달걀을 준다. 달걀은 상처가 되는 이해력을 면제받았다."

나는 나의 학교이며
학원입니다

"오늘 버린 것은 옛 문제집이다."

오늘은 도서관이 한가롭다. 밝은 창가에 자리를 잡고 이수명 시인의 시론집 《횡단》을 읽고 있다. 아침에 그녀의 책을 읽으면 진지해도 구리지 않을 수 있다는 용기를 얻고, 시 뽐뿌를 받아 시를 끄적이게 된다. 《횡단》에는 엘리엇의 시론이 소개되어 있는데, 엘리엇은 다음과 같은 말을 했다고 한다.

"시를 쓰는 것은 누구에게 의사를 전달하기 위해서가 아니라 절실한 불안에서 안도감을 얻기 위해서다."

이 말은 비단 시뿐만 아니라 세상의 모든 일에 적용되는 듯하다. 나는 학창시절에 수업과 불화하는 인간이었고 늘 불안에 노출되어 있었다. 그 이유 중 하나는 숙제에 재능이 없어서다. 학원에서도 마찬가지였다. 나는 시공간을 초월해 언제 어디서나 진도를 잘 따라가지 못하는 인간이었다. 수업을 소화하지 못한 채 숙제를 하는 것은 무의미했다. 그래서 숙제를 베끼거나 안 했다. 특히 학원은 학교보다 진도가 빠르기 때문에 숙제도 많았다. 나의 학창 시절을 한 줄로 표현하면 '세상과 진도가 맞지 않는 경험', '세상이 나랑 진도를 안 맞춰줌' 정도가 될 것이다. 진도 불일치를 날마다 경험하는 공간이 학교이고 학원이었다. 그런데 세상은 생물체가 아니고 (개념 같은 거니까…) 나는 (개념이 아니라) 생명체이므로 내가 맞춰야 했다.

숙제를 안 하고 진도도 못 따라가니 성적이 좋을 리 없었고,

공부에 흥미를 느끼기 어려웠다. 나는 나름대로 내 진도와 세상의 진도 사이의 간극을 좁히려 노력했다. 그런데 둘은 자석의 같은 극처럼 다가가려고 하면 서로를 밀어냈다. 변화의 계기가 필요했다. 나는 숙제 더미를 해결하기 위한 새로운 숙제를 만들었다. 학교 진도가 3단원이고 내 진도는 1단원이니까 1, 2단원을 혼자 공부하고 내가 나에게 숙제를 냈다. 그리하여 나는 숙제를 하기 위한 숙제를 하기 시작했다. 학교와 학원 진도를 따라잡기 위해 PMP로 인터넷 강의를 듣고 시중 문제집을 사서 풀기 시작했다. 이런 현상을 민요로 불러보면 다음과 같다.

나는 학교 진도를 따라가기 위해 학원을 다녔네. 그런데 학원에서 뒤처졌네. 그래서 학원 진도를 따라잡기 위해 또 다른 학원을 다녔네. 거기서 낸 숙제도 해내지 못했네. 해내지 못하는 게 나의 취미가 되어 가고 있었네. 나는 또 다른 학원의 진도를 따라잡기 위해 또 다른 학원을 다녔네. 나는 숙제의 숙제의 숙제의 숙제를 사랑했네. 나는 끝없이 뒤처졌네… 나는야 숙제 고자… 뒤처지고 아련하게 멀어지는….

열일곱에 숙제 빚쟁이가 되어 가산을 탕진하게 되었다는 민속요 되겠다. 그런데 학원 진도를 따라가기 위해 인터넷 강의를을 구독한 뒤 나는 새로운 변화를 맞이하게 된다. 인터넷 강의에는 '정지'라는 멋진 기능이 있었던 것이다. 내가 내 진도를 취사선택할 수 있었고, 수업을 듣다가 이해되지 않을 때 화면을 정지할 수 있었으며, 정지한 동안 이해할 시간을 가질 수 있었다. 정지된 화면을 재생하는 것도 나의 몫이었다. 그러니까 오랜 시간 동안 학교와 학원이 학생들로부터 앗아간 것은 '정지와 재생에 관한 자율권'이었던 것이다. 우리들의 인생에는 정지에 관한 결정권이 누락되어 있었던 것이다. 인터넷 강의를 들은 이후로 나는 혼자 공부하면서 스스로 진도를 결정하고, 숙제의 양을 결정하는 것을 즐겼는데 그건 다름 아닌 내가 나를 지휘하는 경험이었다.

나중에는 학교와 학원 그러니까 세상의 진도를 아주 놓쳐버렸고, 그것에 개의치 않게 되었다. 언제는 내가 학교 진도를 앞서기도 하고, 언제는 뒤처지기도 했지만 그것은 별로 중요하지 않았다. 무관심이라는 아름다운 재능을 터득한 것이다. 세상의 진도를 눈치 보지 않으니 행복했다. 그 후로 학원을 끊고 독서

실에서 인터넷 강의를 듣고, 시중 문제집을 사서 내가 나에게 숙제를 내는 식으로 공부했다. 외부에서 낸 숙제가 아니라 스스로 만든 숙제가 우선이 된 것이다. 동기가 나의 내면에서 발생하는 것이 즐거웠다. 나는 학교 수업과 진도가 맞지 않아서 수업 시간에 내 숙제를 했고 그래서 당연히 선생님에게 혼났다. 나는 내 숙제를 하고 있었는데 선생님은 내가 학원 숙제를 하고 있다고 생각했고, 내가 아무도 내지 않은 숙제를 하고 있다는 것은 상상하지 못했다.

"너 학원 숙제하지."
"네. 문보영 수학 학원 숙제요."
"집어넣어라."

"너 또 학원 숙제하지."
"네. 문보영 영어 학원 숙제요."
"집어넣어라."
"거부합니다."
"…?"
"왜냐하면 나는 나의 학교이며 나의 학원이기 때문입니다."

바나나 사람

"오늘 버린 것은 바나나다."

바나나가 불면에 좋다고 들어서 자기 전에 바나나를 먹는다. 커다란 스테인리스 용기에 바나나를 한 개씩 따서 넣고 호일로 감싸두었다. 마지막 남은 바나나를 꺼냈는데 묵직하고 흐느적 거렸다. 반 이상이 썩은 것이다. 썩어서 연해진 것이다. 썩지 않은 부분을 골라 한입 베어 물었는데 시어서 뱉었다. 바나나를 버리려는데 문득 바나나가 살아있는 것만 같았다. 기절한 사람 같았다. 쓰러진 사람이나 시체는 몸에 힘이 빠져서 축 늘어지기 때문에 더 무겁다고 들었다. 정신 줄을 놓은 바나나 인간이 너무 무거워서 정말 생명이 있는 것 같았다. 정신에는 무게가 없는데 왜 정신의 여부에 따라 무게가 달라질까?

어렸을 적, 엄마가 어부바를 해주었을 때 나는 정신을 똑바로 차리려고 했다. 엄마에게 무게를 내맡기면 상대방이 무거워하는 게 느껴졌기 때문이다. 반대로 일정 무게는 내가 갖겠다는 생각을 하는 것만으로 나 자신이 조금은 덜 무거운 것 같았다. 업힌 자의 태도와 마음가짐이 실제 무게에 차이를 낳다니. 바나나는 죽었기 때문에 자신의 무게를 의사와 무관하게 나에게 내맡기고 있었다. 쓰러진 작고 애처로운 동물인 바나나를 두 손으로 받들었다. 쓸쓸한 온기가 느껴지는 것 같았다. 몸이 풀린 바나나. 죽은 것들은 얼마간 느슨해지나 보다. "이 사람아, 정말 죽은 겐가…? 정신 좀 차려 봐…." 나는 바나나에게 말을 걸어 본다. 그리고 땅에 묻듯이 천천히 식을 거행했다. 새벽 바나나 장례식이었다.

그때 전화가 걸려왔다. 인력거였다. 인력거는 새벽에 놀이터에서 그네를 타고 있다고 했다. 행복한 사건이 벌어졌거나 죽고 싶은 모양이다. 그때 흡연구역에게서 전화가 오고 있다는 문자가 떴다. 나는 반사적으로 "잠시만, 좀 있다 전화할게" 하고 전화를 끊었다. 그리고 흡연구역에게 전화를 걸었는데, 흡연구역도 내게 전화를 걸고 있는지 신호음이 잡히지 않았다. 전화를 끊고 잠시 정적이 흘렀다. 새벽 세 시, 두 명에게서 전화가 왔다. 누구에게 전화를 걸어야 하지? 누가 더 죽을 것 같지…? 아무에게나 전화를 걸었다.

술에 취한 흡연구역은 횡설수설하고 있었다. 며칠 전에는 흡연구역과 운전면허를 따기로 약속했는데, 흡연구역이 학생들의 자기소개서를 첨삭해야 해서 약속을 미뤘다. 세 명의 자기소개서를 첨삭하려면 세 개의 자아가 필요하고 그러려면 정신분열이 일어나야 하므로 술이 필요했다. 흡연구역은 대낮에 술을 진창 마시며 자아 분열을 시도했고 덕분에 여러 명의 자기소개서를 첨삭할 수 있었다. 그리고 술에 취한 채 내게 전화를 건 것이다.

나에게는 몇 가지 망상이 있다. 그중 하나는 연락을 하던 사람이 갑자기 연락이 뜸해지거나 뜨뜻미지근한 것처럼 보일 때, 이렇게 생각한다. "내 책을 읽은 게 분명해! 그렇지 않다면 왜 나를 싫어하겠어!" 그러나 나의 친구들은 이것이 망상이 아니라 사실일 가능성이 있다며 나의 불안감을 증폭시킨다.

너는 어디까지의 나를 아는가?
이것은 내가 어디까지 시도할 수 있는가의
문제이기도 하다
너는 어디까지 올 수 있는가?
너는 저질러진다

어제 쓴 시 〈칠면조 연애시 2〉의 일부다. 내 책을 줄 때 무책임하게 내 존재의 무게를 남에게 내맡겨 버리는 기분이다. 죽어서 몸이 무거워진 바나나처럼. 나는 새벽에 '잘 잔 날(내 자전거의 이름이다)'을 끌고 동네 천변을 산책했다. 귀뚜라미 소리가 들렸다. 시골에 내려온 것 같았다. 고요하고 날씨가 좋았다. 어떤 아저씨가 자전거를 타고 있었는데, 한 손에 변기 커버를 들고 있었다. 자전거에 바구니가 없었던 것이다. 나는 변기 커버에 맞을까 봐 겁에 질려 전력으로 달렸다. 다시 고요해졌다. 새벽 세 시에 변기 커버에 맞는 건 어떤 기분일까 상상하다가 문득 이 새벽이 사랑스러워졌다. 세상이 입을 다물고 있는 것만 같았다. 카뮈가 말한 '다정한 무관심' 같았다. 며칠 전 '점신'이라는 앱에서 본 사주의 일부가 떠올랐다.

"문보영 님은 마음속에 알 수 없는 피해 의식이 있고 타인을 잘 신용하지 않는 면이 있습니다. 언제나 타인이 자신에게 해를 끼칠 것이라고 의심하며 인생을 살아간다면 절대로 신뢰할 수 없을 것입니다. 사람은 누구나 더불어 살아가야 하며 아무리 혼자서 살아가고 싶더라도 사람들과 함께 살아가야 합니다. 게다가 문보영 님은 나서는 것을 좋아하고 폼생폼사적인 기질이 강합니다…" 이 두 문장이 어떻게 연결되는지는 모르겠지만 왜인지 서로를 돕는 듯 보였다. 새벽 세 시에 변기 커버를 피해 도망치는 시인의 모습은 과연… 폼생폼사에 가깝다. 다음 달에는 믿음을 연습해보려고 한다. 누가 나를 좋아한다 해도 화들짝 놀라지 않는 연습 같은 것 말이다. 누가 날 좋아한다는 걸 건강하게 받아들이는 일기 정신 치료 같은 것을 시도해 보려 한다.

날씨가 좋았다. 좋은 날씨는 거슬리지 않는 날씨인 것 같다.

돌아오니 새벽 네 시다. 새벽 네 시에는 친구들도 모두 잔다.

혼자 깨어 있어도 꿋꿋하고 씩씩하게 살아가 보자.

긴 복도 엄마

"오늘 버린 것은 병원에서 마신 커피다."

엄마의 뇌에 있는 종양은 낭종이다. 낭종은 일종의 물혹이다. 단단한 종양은 조금만 커져도 뇌를 밀어서 증상이 나타나는 반면 물혹은 미는 힘이 약해서 비대해져야 비로소 발견된다. 엄마는 수술을 받을 만큼 큰 혹이 있다는 진단을 받았다.

입원 전, 검사를 받으러 병원에 갔다가 병원 지하에서 엄마와 자장면에 가지 깐풍기를 먹었다. 그런데 병원 지하는 병원스럽지 않다. 식당과 슈퍼, 빵집, 옷 가게, 서점, 가방 가게가 밀집해 있으며 매우 떠들썩하다. 환자복을 입고 수액걸이를 한 아주머니가 안마 의자에 앉아 마사지를 받고, 어떤 사람은 명품 가방을 구경하고 있다. '살아있음'이 느껴진다. 반면 수속 카운터가 위치한 1층은 조용하다. 그리고 수술실과 입원실이 위치한 위층은 더 조용하다. 병원은 위층으로 갈수록 더 고요해진다. 병원의 삭막한 분위기를 피해 모두 지하로 대피해 있는 듯하다.

지하에는 슈퍼가 여러 개 있고, 입원 환자들에게 필요한 물품들이 잘 구비되어 있다. 엄마가 입원했을 때 필요한 물건들을 같이 살폈다. 그런데 입원 환자에게 필요한 물품들은 여행 갈 때 필요한 물건과 비슷했다. 일회용 세면도구, 수건, 치실, 슬리퍼 등등. 환자는 일종의 여행을 가는 사람인가. 엄마가 수술 받는 시간에는 피가 말릴 것 같은데, 엄마는 이건 일종의 여행이며 자신이 수술 받는 시간은 비행시간이라고 말했다.

슈퍼에는 섬뜩한 물건도 있었다. 검은색 망사편 같은 물건은 병원 슈퍼가 이승과 저승 사이의 완충 지대라는 사실을 암시했다. 잘 살펴보면 죽은 사람과 산 사람이 함께 쓰는 물건도 있을 텐데 그것이 뭔지는 별로 알고 싶지 않았다. 병원의 지하 슈퍼는 이승과 저승의 비무장지대 DMZ인지도 몰랐다.

엄마는 병원에서 한바탕의 검사를 받고 나면 힘들어 한다. 혈관이 가늘어서 채혈이 쉽지 않다. 피를 뽑기 전, 간호사들은 주사 부위를 찰싹찰싹 때려 밑밥으로 통증을 깔아놓은 다음 그 위에 뾰족한 통증을 체리처럼 얹는 것으로, 그것이 체리인지 고통인지 통증인지 장식인지 헷갈리게 하는 전법을 구사한다. 그런데 이번 간호사는 고개를 숙여 혈관을 유심히 찾은 뒤, 검지로 아주 살짝 톡톡 두드린다. 마치 엄마의 팔에 작은 문이 있고 그 안에 작은 동물이 사는 것처럼. 그 동물이 놀라지 않게 조심스럽게 동시에 주저하며 톡톡 두드렸다. 그리고 그 자리에 주사했다. 엄마는 가느다란 바늘이 꽂히는 장면을 피하지 않고 바라봤다. 신기할 만큼 전혀 아프지 않았다고 했다. 다음에도 또 그 간호사에게 채혈을 받고 싶다고 엄마는 말했다.

요즘에는 이상하리만치 엄마를 닮은 뒷모습을 많이 본다. 처음은 서울에서였다. 예술가 지원 프로그램에 참여하기 위해 제주도에 갔을 때도 봤다. 방주교회 옆에 위치한 올리브 카페였다. "어! 엄마랑 비슷한 사람이다" 하며 나는 반가워했다. 서울에 돌아왔는데 또 보이고 또 보였다. 하루에 두 번 이상 엄마의 뒷모습을 보자 슬슬 화가 났다. 춤 연습실을 다녀오는 길에 엄마를 닮은 뒷모습을 보자 달려가서 따지고 싶은 충동이 일었다.

　오늘은 엄마가 입원했다. 벌써부터 눈물이 났다. 보호자 카드를 찍고 들어가면 카운터가 보인다. 카운터를 지나면 긴 복도가 나온다. 치료실 다음 오물실이, 오물실 다음엔 화장실이 있다. 그리고 병원의 모든 화장실에는 '낙상 주의에 관한 자세한 안내문'이 붙어있다. 똥을 싸고 일어날 때 5초를 세고 일어나라고 적혀있다. 그리고 화장실을 지나면 엄마의 입원실이 있다. 긴 복도를 지나면 엄마를 만날 수 있다. 엄마가 입원한 날 아빠와 나 그리고 엄마는 캐리어를 들고 집을 나섰다. 오빠는 감기에 걸려 엄마와 격리해야 했다. 입원실 배정을 받기까지 대기해야 해서 1층 카페에서 커피를 마셨다. 우리는 준비해 놓은 농담을 꺼내 사용했다. '이것도 일종의 여행이야!'라는 농담. 우리는 여행과 뇌수술에서 유사성에 기반한 농담으로 불안을 달랬다. 엄마는 병원 로비를 둘러보며 말했다. "오… 여기 공항 같네?", "곧 수속 받으셔야죠. 여권은 잘 챙기셨소?" 아빠는 받아쳤다. 그때까지만 해도 나는 그 농담에 쉽게 가담했다. 입원실을 배정받은 뒤에는 보호자 교육을 받으러 가야 했고, 엄마는 간단한 검사를 더 받았다. 나는 1층에서 사온 커피를 왠지 마실 수 없었고 화장실에 가서 버려야 했다. 레지던트가 들어와 "저녁에 동의서를 받을 건데 무서운 말밖에 없어요"라고 말했다. 나는 그 '무서운 말'이 두려웠기 때문에 저녁에 집에 와버렸다. 내 정신 건강을 잘 보호해야 다음 날 엄마를 잘 간호할 수 있을 것 같아서였다.

다음 날 수술 동의서를 받을 때의 상황에 관한 이야기를 아빠에게 듣고, 도망가길 잘했다는 생각이 들었다. 레지던트는 엄마와 아빠를 작고 음침한 방으로 데려가 컴퓨터 모니터를 보며 수술의 위험성에 대해 설명했다. 뇌하수체를 다루는 수술이어서 시신경을 건드릴 경우 실명할 수도 있다. 뇌수술 도중 다른 부위를 건드려 뇌수가 코로 줄줄 흐르면 즉사할 수도 있다. 여타의 이유로 뇌사할 수도 있다 등등…. 씩씩했던 엄마는 무서운 말을 듣고 덜컥 겁이 났고 이 병을 안고 살면 안 되느냐고 물었다. 엄마는 겁이 났을 것이다. 무서워! 수술 안 받고 싶어! 너무 두려워! 엄마는 아빠에게 다 말했다. 내가 거기에 없기 때문에 그럴 수 있었을 것이다. 나의 부재로 인해 엄마는 엄마의 탈을 벗고 오로지 자기 자신으로 있을 수 있었다. 대신 자신이 사랑하는 사람 앞에서는 마음껏 겁을 표출하고, 수술받기 싫다고 떼쓰고, 아이가 될 수 있었다. 무섭다고 충분히 말하는 것은 환자가 마땅히 누려야 하는 권리 같은 것이다. 보호자가 환자보다 더 불안에 떨어선 안 되는 이유는 그것이 환자의 공포를 가로채기 때문이다. 나아가 공포에 관한 환자의 발화를 억압하기 때문이다.

수술 시간은 오전 여덟 시 반이었다. 병실 문을 여니 엄마가 삐삐 머리를 하고 있었다. 수술 받을 때 머리카락이 방해가 되지 않게 하면서 동시에 뒤통수를 편하게 하기 위한 헤어스타일이었다(엄마의 수술이 끝난 후 나는 이 노란 고무줄을 오랜 시간 양쪽 손목에 게르마늄 팔찌처럼 끼게 된다). 엄마는 정말 소녀가 된 것 같았다. 엄마의 체구에 비해 병원 침대는 너무 커서 배 같았다. 아니면 하늘을 나는 마법 양탄자. 삐삐 머리를 한 환자복 엄마가 나를 돌아볼 때까지만 해도 엄마는 조금 신나 보였고, 그건 우리들의 여행 연극을 진행하려는 의지인 것 같았다. 사실 이 연극은 엄마의 불안을 달래기 위해서가 아니라 나의 불안을 달래기 위한 쇼였을 것이다.

수술 시간이 다가오자 누가 엄마를 데리러 왔다. 누가 엄마를 데리러 온 상황 자체는 매우 낯설고 이상했다. 왜 엄마를 데리러 가려는 거지. 희미한 반발심. 제발 조심히 다뤄주세요. 애원. 엄마는 침대에 누운 채 천천히 옮겨졌다. 곧이어 유리문이 나타났고, 엄마를 데리러 온 사람은 "여기서부터는 들어오실 수 없습니다"라고 자상하게 말했다. 이 선언은 중요한 순간에 반드시 혼자여야 했던 여러 시간들을 떠올리게 했다. 다만 그 순간이 이번에는 내가 아니라 엄마의 것이라는 점이 달랐다. 엄마는 배를 타고 긴 복도로 떠났다. 양 갈래의 삐삐 머리를 한 엄마. "사랑해"라고 말하는 대신 "좀 있다 봅시다!" 하고 나는 말했다. 엄마는 씩씩한 미소를 지으며 수술실 문 뒤로 사라졌다.

팔뚝으로 닦는 눈물

"오늘 버린 것은 거즈다."

엄마는 꼬마가 되어 멀리멀리 갔다. 신관에 입원했기 때문에 동관 수술실까지 가는 길은 꽤 길었다. 긴 복도는 엄마 혼자만의 시간이었다. 그것은 처음 겪어보는 긴 복도였다. 복도를 누워서 건너니 세상은 수족관이고 자신은 물고기가 된 기분이 들었다. 마취를 하지 않았지만 벌써 몽롱하군. 몽롱함은 아늑한 방에 가까워. 왠지 느낌이 좋은 걸? 나는 꿈나라로 가고 있어. 아무도 보고 싶지 않고 온전히 나 자신이 된 것만 같아. 이게 얼마 만에 혼자만의 시간을 가져보는 거야? 이건 여행이야. 엄마는 생각했을 지도 모른다.

수술실은 생각보다 따뜻했다. 조명은 온화한 주황빛이었고, 공포를 야기하는 스테인리스는 덮개로 마감되어 있었다. 유럽 주택의 겨울 안방 같았다. 커다란 병원에서 가장 고요하고 가장 인간적인 방은 수술방이었다. 이런 곳에서 사람이 살아나고 죽는 것은 어딘가 아귀가 맞지 않는 것 같군… 엄마는 생각했는지도 모른다. 마취제가 든 마스크가 얼굴을 덮자 삐삐는 깊은 잠에 빠져들었다.

간병인에게 가장 힘든 구간은 환자가 수술을 받는 시간과 수술 후 깨어날 때까지의 시간이다. 병실 복도를 오갈 때 다른 병실에서 자주 들리는 말은 "버티세요~ 버티세요~"이다. 아마 나는 간호사가 될 수 없을 것이다. 누군가에게 "버티세요" 하고 말할 자신이 없기 때문이다. 병실 복도에서 자주 들리는 또 다른 말은 "자~힘내세요. 한 번 더~ 한 번 더~ 마지막입니다~ 진짜 마지막~ 정말 진짜 마지막~ 레알 참 트루 리얼 마지막" 이다. 좋은 간호사는 마지막 연장술사인가? 마지막을 어떻게 가지고 노느냐가 프로 간호사와 신참 간호사를 가르는 조건인 지도 모르겠다.

엄마가 수술을 받는 동안 아빠는 내게 자신의 유구한 인생 이야기를 들려주었다. 인간에게 이야기가 필요한 이유는 죽을 것 같을 때 한눈팔기가 필요하기 때문인지도 모르겠다. 나는 초 집중해서 아빠의 인생 이야기를 들었고 덕분에 미치지 않을 수 있었다. 두려움 앞에서 아빠는 시계를 확인하는 사람이었고 나 는 시계를 외면하는 사람이었다. 아빠는 이야기 도중 간간이 시 계를 봤다. 가령 18세 이야기를 할 즈음에 "이제 수술 시작했겠 다"라고 말했고, 24세 인생 이야기를 하다가 "이제 중반까지 했 겠어"라고 말했으며, 56세 즈음에 다다르자 "이제 어려운 건 다 끝났겠다"라고 말했다. 그런데 아빠의 인생이 다 가도록 엄마 는 깨지 않았다. 우리는 창가를 서성이면서 기도했다. 그때 문 자가 한 통 왔다. 수술이 끝났고 엄마를 회복실로 옮겼다는 문 자였다. 입원실에서 엄마를 기다리면 된다고 했다.

병원에는 슈퍼마켓 카트가 숨어 있다. 짐을 옮길 때 쓰려고 사람들이 훔쳐 온 것이다(그래서인지 지하 슈퍼에는 카트가 없다. 카트를 훔쳐서 모조리 병동 복도로 가져갔기 때문인가). 아빠와 나는 카트에 짐을 챙겨서 입원실로 갔다.

회복실로 들어갔다는 문자를 받고 한 시간이 지나도록 엄마는 오지 않았다. 그래서 우리는 조금씩 불안해졌다. 나중에는 피가 말랐다. 접이식 간이 의자에 앉아 텅 빈 침대를 바라보고 있었는데, 뭔가가 쓱, 하고 문 앞으로 배달되었다. 예정 시간보다 두 시간이 지났을 때였다. 문 앞에 엄마가 배달되어 있었다. 그것은 피자가 100판 배달된 것보다 아름다운 배달이었다.

"엄마다!"

아빠가 소리쳤다. 침대에 실린 엄마는 소음 천지인 병실 복도에 아무렇게나 방치되어 있었다. 엄마를 데려온 사람은 차트를 작성했고, 수술 침대에서 병실 침대로 엄마를 옮길 병력을 기다리는 듯했다. 나는 엄마에게 달려갔다. 각본에 따라 "편안한 비행 되셨습니까? 행복한 여행 에어라인, 기장 문보영이었

습니다" 하고 말하려 했는데, 물 묻은 거즈를 입에 물고, 코에
는 커다란 붕대를 하고, 호스를 단 엄마를 보자 주체할 수 없는
눈물이 흘러내렸다. 끊임없이 물이 떨어지는 폭포를 재현한 석
조 장식물처럼 나는 선 채로 울었다. 손가락으로 눈물을 훔치다
가 손등으로 닦다가 팔뚝으로 눈물을 닦았다. 두 팔은 차 유리
의 와이퍼처럼 움직였다. 인간에게는 여러 종류의 눈물이 있다.
손가락으로 닦는 눈물, 손등으로 훔치는 눈물, 그리고 팔 전체
를 이용해서 닦는 눈물.

엄마는 인상을 쓰고 있었다. 그게 엄마가 살아있다는 증거
같았기 때문에 엄마가 계속 인상을 쓰고 있었으면 했다. 침대를
다루는 인력이 엄마를 수술 침대에서 병실 침대로 옮길 때 엉
덩이 아래 깔린 천을 확, 하고 잡아당겼는데 엄마는 "으으으으"
하면서 옆 침대로 굴러 떨어졌다. 그때 침대 위에 있던, 용도를
알 수 없는 각진 기계가 아슬아슬하게 엄마의 머리를 피해 떨어
졌고 간호사가 "아이쿠!" 하고 외쳤다.

여러 명의 간호사들이 커튼을 치고 닫으며 엄마의 상태를 점
검했고, 눈은 잘 보이는지 손은 잘 움직이는지 본인이 누구며

여기가 어딘지 물었다. 그런데 엄마의 왼쪽 눈이 부어 있었다. 뇌하수체 수술은 시신경을 건드릴 위험이 있기 때문에 수술 후 눈을 잘 지켜봐야 한다고 들었는데, 엄마는 붉게 충혈된 눈을 가리키며 신음했다. 담당 간호사는 "왜 그러지? 왜 그러지?"를 남발했는데 그것이 모두의 불안을 증폭시켰다. 간호사는 내게 눈물 약이 있으면 점안해보라고 했다. 점안하는데 손이 부들부들 떨렸다. 증상은 그대로였다. 그때 같은 방을 쓰던 환자가 검사를 받기 위해 침대를 빼야 했다. 두 개의 침대가 세게 부딪혔다(몸에 기력이 하나도 없는 사람은 침대에 아주 작은 자극만 가해도 세계가 꿀렁인다).

오오… 이건 여행이 아니야…. 이건 여행이 절대 아니야….

나는 아빠에게 모든 것을 맡긴 채 구석에서 흐느꼈다. 한 시간 뒤, 수술 약이 눈에 들어가서 그런 것 같다며 간호사가 소독약을 가져다주었다. 링거에서 흘러나오는 소독약으로 엄마의 눈을 씻겼다. 흐르는 소독약은 대야에 받쳐 버리면 되었다. 증상은 그대로였다. 엄마는 그저 잠들고 싶어 했지만 눈 때문에 쉽사리 잠들지 못했다.

수술 후에 바로 물을 마시면 안 돼서 (물맛만 보도록) 생수를 거즈에 축여 입에 물려주었다. 아, 하고 말하면 엄마가 조그맣게 입을 벌렸다. 목을 축이는 새 같았다. 원하면 생수통의 물을 입에 따라줄 수도 있었다. 대신 삼키면 안 되었다. 머금고 있다가 뱉어야 했다. 마시는 기분만 낼 수 있게 말이다. 나는 어미새가 된 것 같았다.

내가 사랑하는 쓰레기

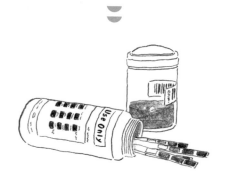

"오늘 버린 것은 엄마의 오줌이다."

엄마는 수술실을 들어갈 때처럼 여전히 삐삐 머리였다. 이
제 머리를 풀고 싶은지 고무줄을 빼려고 했다. 손가락에 힘이
없었기 때문에 내가 풀어주었다. 잘 알려져 있듯 주황색 고무줄
은 고무줄계에서 가장 아픔을 주는 고무줄이다. 주황색 고무줄

로 머리를 잘 묶지 않는 이유는 풀 때 머리카락이 뽑히는 경험을 선사하기 때문이다. 나는 김밥을 말듯이 둥글게 둥글게 고무줄을 머리끝으로 밀면서 빼냈다. 그리고 두 개의 주황 고무줄을 게르마늄 팔찌처럼 양 손목에 착용했다.

한쪽 눈이 안 떠져서 엄마는 여전히 괴로워했고, 다음 날이 되어서야 안약을 처방받을 수 있었다. 엄마는 여전히 인상을 쓰고 있었다. 나는 걱정이 들어서 엄마에게 "이름이 뭐지요? 여기는 어디지요?"라는 질문을 수시로 해댔고, 엄마는 "당신 이름이 뭐지요?"라는 질문에 "문보영"이라고 답하는 것으로 나를 놀렸다.

간병은 손이 많이 가는 일이다. 포장지를 뜯어 거즈를 꺼내 가로로 긴 투명 줄에 말아 엄마 코에 대주고 고름이 묻은 거즈를 버렸다. 버릴 물병은 쌓였다. 눈 소독을 하면서 쓴 증류수, 약봉지, 죽 그릇, 물통, 티슈, 계속 계속 버릴 게 생겼다. 엄마가 살아 있어서, 엄마는 필요한 게 많았다. 물을 달라고, 거즈를 교환해 달라고, 이불을 덮어달라고, 불을 켜달라고, 불을 꺼달라고, 환기를 시켜달라고, 엄마는 계속 계속 뭔가를 요구했다. 살아 있어서, 나는 쓰레기가 자꾸 나오는 게 좋았다. 누군가 활발히 살아 있다는 증거이기 때문에. 쓰레기통에 쌓인 쓰레기를 발로 꾸욱 눌렀다.

그중에서 내가 가장 사랑하는 쓰레기는 엄마의 오줌이다. 며칠 후, 엄마는 몸에 달고 있던 오줌통을 떼고 화장실에서 오줌을 보게 되었다. 오줌량을 체크해야 해서 눈금이 있는 플라스틱 통에 소변을 봤다. 그걸 플라스틱 컵에 옮겨 담은 후, 검지 길이의 긴 캡슐에 반쯤 담아 간호사에게 전달하면 되었다. 수술 전에 봤던 타로점이 떠올랐다. 타로사는 내게 이번 한 달은 체력이 많이 필요할 거라고 귀띔했었다. 과연 간병은 체력이 매우 요구되는 일이었다(그러나 신기하게도 체력적으로 전혀 힘들지 않았다). 좌우간 내가 고른 카드 중에 컵이 많은 카드 한 장이 있었다. 타로사는 타로에서 컵은 많은 생각, 잡념과 걱정을 의미한다고 했다. 화장실에서 오줌 컵에 담긴 엄마의 오줌을 50번쯤 버리자, 타로의 컵은 비유로서의 컵이 아니라 엄마의 오줌 컵이라는 사실을 깨달았다. 그리고 엄마의 오줌은 내가 버려본 쓰레기 중에 가장 사랑에 가까운 쓰레기라는 사실도.

나는 엄마가 자는 동안 곁에서 엄마에 관해 끊임없이 썼다. 나는 나를 벌주는 맛으로 썼다. 나는 한 번도 엄마를 제대로 관찰해 본 적이 없기 때문이다. 엄마가 인상 쓰는 모습은 어떤 드라마보다도 흥미로워서 태어나서 처음 엄마의 얼굴을 뚫어져라 쳐다보았다.

엄마는 평생 나의 공포와 나의 꿈과 나의 불행을 관찰한 사람이다. 늘 즐겁지만은 않았을 것이다. 엄마는 내가 기쁘든 슬프든 옆에서 나의 삶을 기꺼이 관찰했다. 반대로 엄마의 공포는 나에게도, 엄마에게도 관찰의 대상이 아니었다. 사랑하는 사람들은 서로의 공포를 함께 관찰한다. 이제는 엄마의 슬픔과 인생, 엄마가 품고 있을 내면의 어떤 공포와 이야기를 관찰하고 싶었다. 부모가 떠나면 가슴이 찢어지는 이유는, 평생 받아온 관찰의 빚을 갚지 못한 채 떠나보내기 때문인지도 모르겠다. 나는 그 일만은 막고 싶었다. "야, 뭘 그렇게 쳐다봐? 네 할 거 해." 엄마를 쳐다보는 나를 쳐다보며 엄마가 말했다. 갚아야 할 관찰의 빚이 너무 많아서 그래요. 엄마에게 속으로 말했다.

4부

라면 2인분 끓이기 훈련

콧구멍 눈물

"오늘 내 친구가 버린 것은 이것이다."

이 물건은 여러분이 생각하는 콘돔이 아니므로 끝까지 읽어 주시길. 오늘은 내 친구 저장 용량 부족에 관해 이야기하려 한 다. 저장 용량 부족과 동네 카페에서 만나 모카 케이크와 크림 라테를 주문했다. 그런데 저장 용량 부족은 엄지에 커다란 갈색

붕대를 감싸고 있었다. 며칠 전 그녀는 내게 사진을 한 장 보냈다. 엄지의 속손톱(손톱 하단 흰 반달무늬)이 뜯겨나간 사진이었다. 그런데 상처가 하필 하트 모양이어서 그녀는 약간 들떴다.

정형외과 의사는 저장 용량 부족에게 책상 위에 손을 올려보라고 했다. 그리고는 핀셋 같은 도구로 다친 부위를 툭툭 치고 "아프나요?" 하고 물었다. "네… 엉엉. 너무 아파요" 그녀가 말했다. 그러자 의사는 같은 부위를 두 번 더 툭툭 쳤다. "아프죠?", "네… 아픕니다…. 근데 왜 또 치세요…?", "그러니까 또 뜯으면 되겠어요, 안 되겠어요?" 그가 물었다. "오! 교훈은 괜찮습니다. 게다가 하트 모양이잖아요. 아껴줘야죠." 그녀가 사양했다.

의사는 물이 들어가면 안 된다며 손가락용 방수 캡을 같이 처방했다. 샤워할 때 붕대를 감은 엄지 위에 씌우라며. 저장 용량 부족은 손가락 모자 같은 것을 기대하며 약국에 갔다. 그런데 손가락 방수 캡의 미모가 콘돔이라 문제를 일으키고 있다. 다만 사이즈가 작을 뿐이었다. 상자를 열자 손가락 사이즈 별로 미니 콘돔 열 개가, 아니 손가락 방수 캡 열 개가 들어 있었다.

저장 용량 부족은 내게 카페 구석으로 자리를 옮기자고 제안하며, 가방에서 은밀한 검정 파우치를 꺼내 그것을 보여주었다.

"하나 줄까?"

그녀가 굳이 제안했다. 나는 사양하며 대신 그것과 기념사진을 찍고 싶다고 했다. 그리고 그걸 왜 휴대하고 다니냐고 물으니 그녀는 집에 버리면 엄마가 발견하고 놀랄 수 있으니 카페 화장실에 버리려고 챙겨왔다고 대답했다.

집에서 샤워할 때 저장 용량 부족은 비닐 팩에서 우리의 미니 콘돔 하나를 꺼내 엄지에 끼웠다. 괜히 주변을 두리번거리고는 죄도 없는데 뒤가 구려서 욕실 문을 잠갔다. 손가락을 다쳤을 뿐인데 왜 수치심을 느껴야 하나 싶었다. 육체적 쾌락도 없었는데 의심만 받는 건 너무 억울하군, 생각하며 그녀는 욕조에 들어가 물을 틀었다. 그런데 하필 샴푸가 동이 나서 샴푸 뚜껑을 열어 물을 채우고 열심히 통을 흔든 뒤, 찌꺼기를 머리에 부어야 했다. 그래서 면상으로 샴푸 눈물이 주룩주룩 흘렀는데, 마치 정수리에서 눈물 수도꼭지를 튼 것만 같았다. 그녀는 눈물이 흐르는 김에 우는 기분을 내봤다. 나도 인공 눈물을 점안할 때 볼로 흐르는 눈물을 약간 즐길 때가 있다. 아무 일이 없어도 울고 나면 속이 흰죽처럼 풀릴 때가 있으므로 가짜 눈물에게 신세를 지는 것이다.

그녀는 샴푸 눈물이 대신 울어주어서 진짜로 우는 번거로움 없이 머리를 감을 수 있었다. 물이 묻어도 괜찮기 때문에 방수 캡을 꼈는데, 저장 용량 부족은 자신도 모르게 캡을 씌운 엄지를 툭 치켜들고 박박 머리를 감았다. 그런데 부푼 엄지에 용케 끼운 미니 콘돔과 눈이 마주치는 순간, 갑자기 참아주기 어려운 구역질과 가슴 찢김 현상이 일어났다. 정수리에서 쏟아지는 샴푸 눈물과 미끈거리는 비누, 따가운 눈, 치켜든 엄지, 욱신거림 그리고 차가운 욕실 바닥, 서린 김에도 불구하고 우리의 얼굴을 자세히 보여주고 마는 거울. 이 지독하게 무표정한 사물에 둘러싸인 알몸 덩어리. 그녀는 따뜻해지려면 수압은 포기해야 하는, 줄줄줄 새는 것밖에 할 줄 아는 게 없는, 질 떨어지는 샤워기를 잠시 내려놓았다. 그리고 그녀에게 이렇게 말해주던 사람, 그녀의 손을 조물딱거리며 이렇게 말하던 사람 "이거 뜯지 말아 주라. 내가 아프잖아" 그렇게 말하던 누군가의 얼굴이 떠올랐고,

흐릿해진 한때의 사랑과 추억의 무례한 기습으로 인해 진짜 눈물이 줄줄 흘렀고, 엄지에 긴 유사 콘돔 손가락 방수 캡과 함께 욕조 바닥에 주저앉아 벅벅 울었던 것이다.

나는 친구의 눈물을 머릿속으로 그려본다. 그 눈물은 눈물샘에서 나왔을 것이다. 지금 거울을 보고 눈깔을 살짝 뒤집어 보라. 눈의 가장 안쪽(코 쪽)에 작고 사악한 점 하나가 보일 것이다. 바늘로 쿡, 찔러서 만든 것 같은, 너무나도 인위적이며 인간이 만든 것처럼 보이는 정확한 점 하나가 있을 것이다(나는 일곱 살 때 이 구멍을 보고 너무 인간이 한 짓 같아서, 인간은 인간이 만든 게 분명하다고 믿었다). 종종 눈물샘이라고 오해를 받는 이 구멍은 눈물샘이 아니다. 눈물샘은 눈 위쪽에 있으며 웅덩이 모양이다. 눈 위쪽에서 흘러나온 눈물은 여러 갈래의 길을 타고 내려와 안구 전반을 적시며 낮은 살 턱을 타넘고 밖으로 흘러내린다. 눈 안쪽 구멍은 눈물이 나오는 홈통이 아니라 반대로 눈물을 끌어당기고 빨아들이는 구멍이다. 굳이 이름을 붙여본다면 눈물 하수구 또는 눈물 청소기.

모든 눈물을 눈으로 흘려버리면 너무 많은 눈물을 흘려야 하기 때문에 적당량의 눈물을 우리 자체적으로 빨아들이는 건가. 눈물샘에서 흘러나온 눈물이 눈가를 적실 때, 그 눈물의 일부를 다시 내면으로 끌어당기는 것이다. 이로써 눈물의 일부는 다시 우리들의 내면으로 끌려들어간 뒤, '나소라크리말덕트'라는 이름의 긴 관을 타고 내려가 콧구멍에서 흘러나온다. 눈물을 흘릴 때 콧물이 나는 이유가 바로 이 때문이다. 이처럼 인간은 울 때 눈물 내보내기 분업을 하도록 조직화되어 있다. 그래서 인간은 눈으로만 울지 않고 코로도 운다. 내면을 한 번 더 거치고 콧구멍으로 흘러나온 눈물은 인중을 이불처럼 덮고, 입술은 타넘은 다음, 턱으로 이동해, 눈에서 흘러나온 눈물과 만나, 하나의 빛을 발산하며 바닥으로 곤두박질친다.

견적 내기

"오늘 버린 것은 나의 머리카락이다."

인력거와 머리를 하러 미용실에 갔다. 길 가다 눈여겨본 간판을 보고 들어갔다. '염색, 파마 19,900원.' "정말 19,900원일까?" 인력거가 물었다. "저기서 두세 배 곱한 가격이지, 바보야." 나는 말했다. 바보라는 말에 인력거는 뜨끔했다. 자기를 정말 바보라고 생각하기 때문이다. 몇 달째 어떤 나쁜 놈이 인력거를 괴롭히고 있다. 그래서 나는 인력거에게 제발 그놈을 만나지 말라고 신신당부했다. 그러다 드디어 인력거는 그놈에게 선포했다.

"야! 내 친구들이 너랑 놀지 말래. 너 쓰레기래."

물론 친구는 나 한 명이었지만 '친구들'이라고 말해야 다수의 생각이 반영된 객관적인 의견으로 보일 것이므로 인력거는 과장했고, 놈은 약간의 충격을 받고 물러났다. 내가 상대방이 쓰레기라는 사실을 모르고 참고 있는지 아니면 알고도 참아주는 건지 상대방에게 알리는 것은 중요하다. 물론 나는 이런 말을 할 자격이 없다. 나야말로 바보니까(바보영은 내 오래된 별명 중 하나다). 글만 쓸 줄 알고 그 외의 인간관계, 사랑, 생계 등 거의 모든 영역에서 호구성이 빛을 발하기 때문이다. 나는 며칠 전 내가 바보같이 느껴져서 땅을 치고 울었다. 알던 사람에게 뒤통수를 맞았기 때문이다. 두 번 다시 바보로 취급받지 않겠다고 다짐하며 나는 흐느꼈다. "나는 바보영이 아니라 보물영이다… 나는 보물이다… 보무ㄹ영…." 그리고 미용실을 방문했다. 미용실은 다짐을 하거나 새 출발이 필요할 때 가는 곳이기 때문이다.

머리를 바꾸면 사람들은 "무슨 일 있어?" 하고 묻는다. 그만큼 무슨 일이 있을 때 사람들은 헤어스타일에 변화를 가한다. 왜일까? 패션을 바꾸거나 카톡 프사를 내리거나 SNS 계정을 닫거나, 인간은 무슨 일이 있으면 그것을 표현한다. 그런데 카톡 프사를 내리거나 SNS 계정을 닫는 것과 헤어스타일을 바꾸는 것은 조금 다른 것 같다. 카톡 프사 내리기가 타인에게 자신의 상태를 알리는 거라면, 머리를 바꾸는 것은 자신에게 자신의 상태를 알리는 행위에 더 가까운 듯하다. 거울을 볼 때마다 달라진 나를 보기 위해서 머리를 하기 때문이다(물론 타인들에게 나의 입장을 알리는 것이기도 하다). 어쨌거나 헤어스타일을 바꾸는 행위는 카톡 프사를 내리는 것보다 더 적극적인 면이 있다. 회복과 새 출발로 다가서려는 의지의 측면에서 말이다. 그런 맥락에서 나는 나에게 "난 달라졌다. 달라져야 한다" 하고 외치는 대신 머리를 하러 갔다.

"어떤 머리 하실 건가요?" 미용사가 물었다. "최대한 바보 같은 머리요", "네?", "제가 바보인 걸 자주 까먹으니까, 거울을 볼 때마다 '나 바보지' 하고 깨달을 수 있게 바보 머리를 해주세요."

몇 년 전의 나는 누군가 나의 심장을 가르고 지나갔을 때, 마냥 아파하기만 하는 인간이었다. 그리고 어쩔 줄 몰라 했다. 고통이 언제 끝날지 예측이 안 됐다. 고통과 아픔에 관한 표본과 샘플이 충분치 않았기 때문이다. 그러나 지금은 견적 내기의 달인이다.

"이 정도 사건이면 한 달 반. 이 정도 스케일이라면 6년하고 7개월. 이 정도 상처는 일주일. 이 정도는 7년 반. 음… 이 정도면 3초! 3초! 3초! 끝~!"

나는 내가 겪은 상처에 비추어 새로 찾아온 상처의 지속 기간을 가늠한다. 견적서를 작성한 뒤에는 손바닥에 바를 정자를 그린다. 하루가 지날 때마다 작대기를 하나씩 그리며 버티는 것이다. 일종의 숨 참기 같은 건데, 엎드린 채 태풍이 지나가기를 두 손 모아 기다리는 것이다. 행복이 찾아올 때도 동일한 방식으로 견적을 낸다. 이 행복이 얼마나 지속될지 가늠해 본다는 건 내가 건강해졌다는 증표일지도 모른다. '세 달은 이 행복으로 먹고 살겠어' 나는 빌어본다. 반면 우울증에 빠져 있을 때는 행복의 지속 기간을 따지지 않게 된다. '어떤 행복이 찾아와도 지속력이 전혀 없음'이 우울증의 한 증상이기 때문인가. 행복이 영향력을 행사하지 못하는 상태가 우울증이기 때문인가. 나는 그런 상태를 몹시 두려워한다. 그리고 다시 그렇게 될까 너무 두려워 미용실로 뛰어갔다.

그리고 보다시피 이번엔 머리를 바꿔보는 충격 요법을 시도해 보았다. 빨간색으로 염색을 하려면 탈색을 해야 한다고 미용사가 말했다. 미용사는 거대한 노란색 메뉴판을 가져오더니 탈색까지 해서 20만 원이랬다. '염색 19,900원이라고 적혀 있던데요…' 나는 속으로 물었다. 탈색을 안 하면 얼마냐고 물으니 미용사는 내 기장을 살피며 견적을 냈다. 메뉴판에는

뿌리	S	M	ML	L	XL	XXL
19.9	39.9	49.9	59.9	69.9	79.9	89.9

라고 적혀 있었다(19,900원은 뿌리 염색 가격이었음). 미용사는 XXL를 가리키며 8만 9천9백 원이랬다. "제가 XXL인가요?", "네", "확실한가요?", "네, 이 정도면 XXL세요…." 미용사가 말했다.

XXL라면 피자 사이즈 메뉴판에서나 봤는데, 이제 인간의 머리도 피자처럼 견적을 내나 보다. 내 머리카락 기장이 XXL 라고 하니 피자와 동질감이 느껴졌다. 나는 탈색 없이 빨간색으로 염색하고, 앞머리를 잘라달라고 했다. 너무 짧게 자르면 멍청해 보일 거라고 미용사가 말했다. "최대한 바보같이 잘라주세요." 나는 말했다.

미용사가 앞머리를 잘랐다. "더 잘라주세요." 내가 말했다. "여기가 마지막인데요." 미용사가 경고했다. 그래도 나는 더 잘라 달라고 했다. 마지막에서 한 발짝 더 내디디면 거기가 막판일 것 같아서. 끝났지만 더 끝날 수 있다는 것을 보여 달라는 듯이. 그러면 거울을 볼 때마다 "여기가 막판이야. 더 이상은 없어" 하고 말할 수 있을 것 같았다. '이 앞머리가 다 자라는 동안 아픔도 가실 거야' 나는 맹구 같은 앞머리를 보며 희망을 품었다. 머리를 하는 동안 볼일을 본 인력거가 돌아왔다. "뭐 달라진 거 없어?" 인력거가 물었다. 가만 보니 새로운 귀걸이가 번뜩인다. 혼자 기다리는 동안 쇼핑을 한 모양이다. 친구는 혼자 놔두면 돈이 드나 보다.

머리를 하고 기분이 좋아져서 열심히 걸었다. 그러다 지쳤다. 그래서인지 갑자기 감정이 격해져서는 눈물이 쏟아졌다. 길바닥에서 콧물을 흘리며 엉엉 울기 시작했고 그 장면을 인력거가 사진으로 찍었다. 나중에 사진을 보니 내가 서서 울고 있는 곳은 공교롭게도 어린이 보호 구역이었다.

"비단 어린이만이 아니라 저 불쌍한 영혼도 보호하소서…."

인력거가 옆에서 기도했다.

가방 원하기 가방 경외하기

"내가 버린 것은 가방이다."

며칠 전 나는 가방을 하나 버리고 새 가방을 주문했다. 가방을 기다리고 싶어서다. 내가 돈을 주고 산 것은 가방이 아니라 가방이 배송되는 기간으로, 그것은 무언가를 기다리는 마음과 기대다. 나는 기대를 샀다. 기대할 게 필요해서.

내가 아는 한 친구는 소비광이다. 친구는 잘 알려지지 않은 슈즈 브랜드, 주얼리 숍, 수십 가지 쇼핑몰의 뉴스레터를 받아 보며 팝업과 세일 시즌을 꿰고 있다. 친구는 신상품이 출시되었을 때 알람을 놓치지 않고 꼼꼼히 확인하고, 한정판을 손에 넣으면 뛸 듯이 기뻐한다. 열심히 돈을 모아 구매한 물건의 유지 관리에 신경 쓰는 것은 기본이다. 친구는 어떤 노력을 기울여 그 물건을 사들였는지에 관한 자신의 서사를 들려주는 것을 좋아한다. 하나의 물건을 사기 위한 친구의 피, 땀, 눈물 그리고 결실 있는 삽질에 관한 이야기를 듣다 보면 끝도 없이 이야기에 몰입하게 된다. 그러다 친구를 만나는 날엔 친구의 소품을 구경하는 것이 하나의 낙이다. 친구는 다음 달에 세일 기간을 기다렸다가 눈여겨보던 모자를 살 거라고 말했다. 친구는 이미 들떠 있었다. 나는 친구가 부러웠다. 그리고 친구에게서 뭔가 배울게 있다고 느꼈다. 자신을 즐겁게 해줄 장치를 많이 마련해 놓은 삶. 자기를 잘 꿰고 있어서 무엇을 하면 자신의 기분이 나아지는지 누구보다 잘 알고 있고, 그래서 자신의 요구를 들어주려고 노력하는 사람. 자신의 소망을 무시하지 않는 사람. 나는 친구에게서 그 부분을 배우고 싶었다.

어쩌면 내게 결핍된 것은 경외하는 마음, 무언가가 되고 싶은 마음, 무언가를 갖고 싶은 마음인지도 몰랐다. 복권에 당첨되었을 때, 그것으로 하고 싶은 것을 떠올릴 수 없다. 차라리 같은 돈으로 더 큰 행복을 발생시킬 수 있는 사람에게 당첨금의 절반을 양도하고 싶다. 사람을 모아 경연을 열어 행복의 크기를 측정한 뒤(방법은 모름), 가장 큰 행복을 발생시키는(전자기파 같네…) 인간에게 상금의 절반을 주는 것이다(다 주는 건 너무 아까ㅂ…). 좌우간, 나에게서 누락된 것이 소망하는 능력, 바라는 능력 혹은 경외하는 능력이라면(그런 능력은 분명 삶을 윤택하게 만든다) 소비광 친구부터 경외해 봐야겠다. 그래서 나는 남몰래 친구를 경외했다.

친구의 물건을 잔뜩 구경하고 돌아오는 길에 나는 나에게도 경외의 능력이 남아있는지, 혹은 그것을 식물처럼 기를 수 있는지 당장 확인해보고 싶었고, 그래서 인터넷에 접속했다. 첫눈에 들어온 건 가방 광고였다. 그래서 쇼핑몰에 접속해 그것을 욕망해 보려고 했다. 여러 가방 사이트들을 들락거리며 온갖 종류의 가방을 꼼꼼히 살피고, 가격과 재질을 체크하고(어차피 뭐가 뭔지 모르지만 일단 나의 욕망에 성의를 보이고 싶었다), 소망이 가능하도록 나를 달래 보았다. 사실 며칠 전 소설을 쓰면서 내가 이상한 부분에서 재미를 느낀다는 사실을 깨달았다. 나에게는 없는 기분과 없는 욕망을 인물들에게 심고 그것을 구경하는 것이다. '물건에 집착하는 기쁨과 슬픔'에 관한 이야기라면 고골의 《외투》를 예로 들 수 있다. 소설 속 주인공은 외투 하나에 죽고 외투 하나에 산다. 등장인물 중 한 명인 아까끼는 외투 한 벌을 사수하기 위해 피, 땀, 눈물을 흘린다. 그렇다면 고골도 나처럼 무엇을 가져도 기분이 좋아지지 않고 무엇을 잃어도 기분이 나빠지지 않는, 일종의 '소망 부전 인간'이었을지도 모른다. 그는 평소 쇼핑몰 광고와 문자 알람을 차단하고 이메일 수신 거부로 점철된 인생을 살다가 소설을 쓸 때만 알람을 풀었을지도….

나 역시 인터넷 쇼핑몰에 접속하는 시간은 대부분 소설을 쓸 때뿐으로, 주인공의 물욕을 자극할 시계를 열심히 검색한다. 인물에 빙의해 시계를 욕망해 본다. 전혀 갖고 싶지 않다. 하지만 무언가를(가상일지언정) 희구하는 순간은 그렇지 않은 대다수의 무미건조한 순간보다 즐겁고 덜 버겁게 느껴진다. 나는 바라도록 도와주고 싶었다. 소설 속 인물들이 더 나은 삶을 소망하기를 바랐다. 내가 무언가를 건강하게 소망하고 추구하고 경외하지 못한다면, 나의 지인이 그렇게 사는 모습이라도 지켜보고 싶었다. 소설을 쓰면서, 브이로그를 만들면서, 나는 자주 거짓말한다. "우와, 정말 맛있겠다." 혹은 "우와, 정말 갖고 싶어." 나는 나에게 이런 언어들을 학습시키고 가르치고 연습시킨다. 갖고 싶다고, 살고 싶다고 말하면 언젠가 정말 소망하게 될 거고, 정말 살고 싶을 수도 있을 테니까. 탈감작처럼.

며칠 전, 탈감작이라는 흥미로운 개념을 알게 되었는데, (네이버 국어사전에 따르면) 탈감작이란 '알레르기의 원인이 되는 물질인 알레르겐의 양을 조금씩 늘리면서 그에 관한 민감성이나 반응을 줄이거나 없애는 것'을 의미한다. 가령, 술을 전혀 마시지 못하던 사람이 어느새 술고래가 되어서는 "나도 처음에는 한 잔도 못 마셨어. 마시다 보니 늘었어"라고 말하는 것이 한 예이다. 조금씩 마시면 적응된다는 뜻인데 이처럼 혈중 인생 분해 요소가 부족해, 통째로서의 삶이 감당이 안 되는 사람은 남들보다 찔끔찔끔 사는 것으로 시작하면 된다…고 생각한다. 그래서 나는 소설 속에 화려한 시계를 하나 던져두고, 주인공이 시계를 바라게 한 다음 들어주지는 않는다. 왜냐하면 명품 시계라 사줄 수 없으며 시계를 갖게 되든 말든 관심이 없으므로.

어젯밤 새벽 한 시부터 다섯 시까지 나는 평생 둘러볼 가방을 다 둘러보았다(나는 정말 욕망이 없는가?). 가방을 원해봤고, 디자이너를 경외해 봤다. 자세히 보면 아름다운 게 아니라 자세히 보면 나도 구매하고 싶어질 뿐. 새벽 한 시부터 다섯 시까지 나는 무미건조하지 않았다. 가방을 생각하면 기분이 좋아서 가급적 천천히 배송되었으면 했다. 그래서 택배 기사님께 하고 싶은 말에 '배송 지연 부탁드립니다'라고 쓰고 기도했다.

나: 최대한 늦게 도착하게 해주세요 시간을 벌어주시옵소서.

신: 왜?

나: 가방이 도착한 이후 삶에 관한 계획은 아직 없습니다.

신: 내 딸아, 너는 아직도 낫지 않았구나. 이 미친 세상에서 너를 혹독하게 키우기 위해 당일 배송으로 바꿔주마.

(번개와 비명 소리가 울리며 막이 내린다.)

적극적인 착각

"오늘 누군가 버린 것은 거대한 소파다."

흙(친구의 이름이다)과 '버블보블' 게임을 했다. 2인용 게임으로 주인공 공룡 버비(초록 놈)와 보비(파란 놈)를 움직여 괴물을 상대하는 게임이다. 괴물들은 스테이지 내에서 사정없이 돌아다닌다. 무의미하고 지리멸렬하게 움직인다. 놈들과 신체 접촉

이 일어나는 순간 즉사다. 버비와 보비는 입으로 거품을 발사할 수 있다. 버블은 처음에 초록색이나 파란색인데 시간이 지나면 쇠약해져 주황색으로 부식된다. 점점 부식 속도가 빨라지므로 가급적 빠른 시간 안에 괴물을 처치하는 것이 생명 보존에 이롭다. 거품에 맞은 괴물이 거품에 갇히면 정신을 차리고 달려가 헤딩을 하거나, 발로 짓이겨 거품을 터뜨려야 괴물이 사라진다. 두 단계에 걸쳐 죽여야 한다.

그런데 또 다른 어려움이 있다. 이건 매우 개인적인 어려움인데, 게임을 할 때마다 내가 누구인지 쉽게 혼동한다는 점이다. 게임을 시작할 때 상대편 캐릭터를 나로 착각하곤 한다. 두 캐릭터의 생김새가 비슷하기도 하지만 목적물이 동일한 까닭에 동선 또한 비슷하기 때문이다. 스테이지가 끝날 때까지 눈치 채지 못하면 문제가 없지만, 꼭 중반부에서 꿈에서 깨듯 깨닫는다.

'어, 내가 아니잖아?'

특히 내가 기대 이상으로 잘한다는 느낌이 들 때, 만사가 순

조롭게 풀려서 왠지 뒤가 구릴 때, 나는 내가 아님을 깨닫는다. 앞으로 가고, 뒤로 가고, 점프를 하고, 바닥을 기는 내내 존재를 위탁했던 것이다. 내가 아닌 캐릭터를 조종하며 희열을 느끼고 있었던 것이다. 급기야 상대방 캐릭터의 움직임을 보고 조이스틱을 한 발 느리게 조작하고 있는 나를 발견한다. 존재 착각이 발생한 것이다. 그런데 나는 내가 아닌 편이 편하기 때문에 나의 무의식이 고의적으로 착각에 기대는 존재 방기에 이르게 된다. 내가 너라고 믿는, 적극적인 착각을 시전하는 것이다. 친구 흙이 "너 뭐해(설마 나를 너라고 믿는 거야)?" 하고 언질을 주어서야 나는 비로소 아무것도 안 하고 있는 나를 발견한다. 내가 방치한 나의 육체는 벽에 머리를 박고 있거나 머리 조아리기 및 바닥 기기를 하고 있다("나 자신의 본모습을 원하고 또 원하지 않느라 항상 바빴다는 점은 말할 것도 없다" 클라리시 리스펙토르의 소설 《소피아의 재앙》의 한 구절을 인용해 본다). 심하면 이미 버블에 갇혀 사망에 이르고 있다. 존재 망각의 결과다. 나는 버블에 갇혀 허공을 동동 떠다니며 점점 하늘로 올라가 구할 수 없는 경지에 다다른다. 너무 높은 사람이 되어 아무도 구할 수 없는 자가 되는 것이다. "미안해, 너무 멀리 있어." 흙이 나를 구하지 못할 구실을 댄다.

스테이지를 깨면 다음 스테이지로 넘어간다. 일종의 통과인 셈이다. 정수리로 과일을 먹고 다음 세계로 넘어갈 때 기분은 좋은데 다음 세계가 이전 세계와 너무 똑같아서 진이 빠진다. 바로 이 기분, 나아지지 않았다는 기시감. 흙과 게임을 하러 가던 길에 나는 거리에 버려진 쓰레기를 봤다. 누가 길가에 버린 소파였다. 소파는 길가의 조형물처럼 기묘한 자세로 버림받은 채 행인들의 보행을 방해하고 있었다. 이제부터 이 그림을 자세히 봐주시길….

이 쓰레기를 보자 나는 쓰레기가 환기하는 입구에 매료되었다. 누군가 소파를 들쳐 메고 밖으로 나와서 허리 높이의 벽에 한쪽 끝을, 바닥에 한쪽 끝을 닿게 한 채 비스듬히 세워 둔 것 같았다. 그 사이에 삼각형의 입구가 생겼는데, 한쪽 면을 주황색 라바콘이 수놓고 있었다. 이 삼각형은 영화나 소설에 나오는, 다른 세계로 통하는 신비로운 통로처럼 보였다. 이 입구를 통과하면 차원이 다른 시공간으로 옮겨갈 것만 같았다.

그래서 나는 기어서 이 입구를 통과해 보았다. 사진을 보면 알 수 있듯 입구 근처에는 생수통이 하나 떨어져 있으므로, 이 아이템을 파밍하는 것을 추천한다. 한 세계에서 다른 세계로의 이동은 쉽지 않다. 우선 바닥과 친해야 하고 비위도 좋아야 한다. 그림을 보면 통로에는 에너지가 닿지 않도록 피자가 준비되어 있다. 그리고 피자는 빵빵한 쓰레기봉투에 신세를 지고 있다. 조금 더 색안경을 끼고 보면 피자는 자신의 키를 높이는 데 쓰레기를 활용하고 있다. 그리고 다른 세계로 나갈 때 필요한 호신용 무기인 벽돌도 준비되어 있다.

나는 문득, 여기서 살고 싶었다. 이쪽 세계도 아니고 저쪽 세계도 아닌, 태어나기 직전의, 아무것도 시작되지 않고 변화의 조짐만 있는, 벽돌과 쓰레기와 다 먹은 피자 박스와 부드러운 소파 천장과 머리 조아리기와 바닥 기기로 이루어진, 가능성으로만 이루어진 아늑한 세계. 이도 저도 아닌 곳에 끼어 있는 이 깍두기 같은 세계에서 잠시 눈을 붙이고 싶었다. 그리고 미소지었다. 다음 세계로 발을 딛는 순간 무의미하고 지리멸렬하게, 왜 싸워야 하는지도 모른 채, 왜 죽여야 하는지도 모른 채, 닿았다는 이유만으로 죽임을 당하는 세계가 다시 반복될 것이어서 선뜻 나가고 싶지 않았던 것이다.

라면 2인분 끓이기 훈련
1화

"오늘 버린 것은 라면 봉지다."

추석 동안 세 봉지의 라면을 끓이며 어떤 연애 이야기를 해
보려고 한다. 나는 라면을 끓이며 친구의 연애 스토리를 마음속
으로 그려보고 있다. 나는 라면을 좋아하지만 라면 끓이는 과정
은 좋아하지 않는다. 나는 거의 모든 요리에 소질이 없다. 기다

리는 걸 잘 못하기 때문이다. 요리에는 기다림의 요소가 포함되어 있다. 물이 끓을 때까지, 재료가 익을 때까지, 냉동 고기가 녹을 때까지 잘 기다려야 한다. 기다림과 사이가 좋지 않은 나 같은 인간은 요리에 재미를 붙일 수가 없는 것이다. 오늘은 기다림에 관한 멍청하고 슬픈 이야기를 해보려고 한다.

길 잃은 영혼은 내 친구의 이름이다. 교회에서 전도사님이 그녀를 노상 "길 잃은 영혼이여" 하고 부르기 때문이다. 나는 길 잃은 영혼을 대학교 미술 동아리에서 만났다. 그녀는 머리색을 수시로 바꾸곤 했다. 몇 달 전에는 빨간색이었는데 다음엔 파란색으로 바꾸는 식이었다. 어쩌면 교회에서는 머리색을 자주 바꾸는 자들은 마음이 불안정하며 자주 길을 잃는다고 생각했는지도 모른다. 그래서 길 잃은 영혼은 교회에 갈 때마다 모자를 쓰고 간다. 모자를 쓰면 왠지 고백할 죄가 있는 기분이 든다고 한다.

최근 그녀에게 좋아하는 사람이 생겼다. 직장인 연극 동호회에서 만난 사람이다. 그녀가 동호회에 가입한 건 석 달 전이다. 연극은 처음이었지만 회원들의 응원에 힘입어 연말에 있을 연극에 참여하게 되었다. 연극의 제목은 〈나무야 너는 서서 자거라〉다. 현대극 〈나무야 너는 서서 자거라〉에서는 중요하고 상징적인 장면 하나가 반복된다. 소희(길 잃은 영혼이 맡은 역이다)라는 인물이 거실에서 새우깡을 먹으며 티비를 보고 있는데 화재경보가 울린다. 이상하게도 화재 경보는 가족들이 모두 집을 비우고 그녀가 혼자 TV를 보고 있을 때만 울린다. 그리고 1분 뒤 안내 방송이 나온다.

"방금, 비화재 경보로 경보가 송출되었습니다. 현재 조치 중에 있으니 동요하지 마세요. 생활문화지원실."

이 장면은 연극에서 총 세 번 반복된다. 길 잃은 영혼이 맡은 역할은 "동요하지 마세요"라는 안내 방송의 마지막 말을 따라 하는 것뿐이었다. 연극이었지만 그 대사는 그녀의 마음속에 이상한 평온을 불러일으켰다. 흔들리는 버스 안에서 혹은 길바닥에서 혹은 침대에서 그녀는 종종 "동요하지 마세요"라는 말을 스스로 중얼거려 보곤 했다. 그런데 안내 방송의 실제 목소리를 떠올렸을 때 안정감은 배가 되었다. 안내 방송 목소리의 주인공이 바로 그녀가 사랑에 빠진 대상이다. 그러니 편의상 이 남자를 생활문화지원실라고 이름하겠다.

　안내 방송의 목소리 외에도 생활문화지원실이 맡은 역은 또 있었다. 그는 남자 주인공(현창)의 친형으로 등장했다. 연극 연습을 마치고 단원들은 곱창집으로 뒤풀이를 갔다. 우연히 마주 보고 앉게 된 생활문화지원실과 길 잃은 영혼은 시끄러운 곱창집에서 둘만의 대화를 하게 된다. 생활문화지원실은 자신이 대동맥이 약하다고 말했다. "그걸 어떻게 알아?" 길 잃은 영혼은 물었다. "근거는 없지만 느낄 수 있어." 그는 대답했다. 그런데 그는 대동맥이 어느 부위에 있는지도 잘 모른다고 했다. 길 잃은 영혼은 웃음을 터뜨렸다. 인간이 사랑에 빠지는 경로는 남이 알 수가 없는 것이다. 그리고 3일 후, 생활문화지원실에게서 카톡이 왔다.

　"야."

　길 잃은 영혼은 나에게 '야'를 해석해 보라고 했다. 나는 미간에 힘을 주며 진지하게 말했다. "한국어 '야'의 의미는 나는 너에게 관심이 있고, 너랑 놀고 싶고, 너랑 결혼해서 딸1, 딸2,

딸3과 아들1, 아들2, 아들3을 낳은 후 꽈배기를 좋아하는 늙은 이가 되어 한 이불 덮고 살다가 어느 날 고통 없이 스르르 죽어 너와 함께 나란히 무덤에 묻히고 싶다는 뜻일걸?" 나는 말했다. "장난치지 말고…." 길 잃은 영혼은 부탁했다. "너를 부른 거지. 여기로 오라고.", "'야'에 그런 의미가 있어?", "그걸 몰라?", "그래서 그게 무슨 의미인데?", "의무나 용건이 없는 이상 연락은 관심의 표현이지.", "그래?"

왜 친구들은 본인도 아는 것을 내게 물어보는 걸까? 관심 없는 사람에게서 "야" 혹은 "저기" 혹은 "뭐해?" 하고 연락이 오면 '이 새끼 날 넘보네' 하고 단정하면서 정작 자신이 관심 있는 사람이 '야'하고 부르니 그게 무슨 뜻이지? 갑자기 혼란스러운 것이다.

아, 여기서 짚고 넘어갈 부분이 있다. 사실 이해하기 어려운 부분은 두 사람 모두에게 있다. 우선 "야"라는 연락을 받고도 길 잃은 영혼은 다섯 시간이나 답장을 보내지 않았다. 왜냐하면 너무 설레고, 그래서 엔도르핀이 솟구쳤으며, 너무 오랜만에 에너지가 생겨 이 힘을 CPA 공부하는 데 썼기 때문이다. 일종의 행복 끌기 전법인데 오래 찾아온 '와! 살만하다'라는 삶의 드문 에너지를 본인의 일상에 가져다 쓰는 것이다. 행복 끌기 전법의 위험성은 뻔하다. 상대방 때문에 기뻐하느라 정작 답장하는 걸 잊고 있다가, 너무 늦게 답장을 하는 바람에 씹히는 자업자득형 비극을 맞이하게 된다는 점이다. 길 잃은 영혼은 독서실에서 다섯 시간을 보낸 뒤, 돌아오는 길에 "웅"이라고 답장했다.

"'웅'이 당신의 최선인가?" 나는 길 잃은 영혼에게 물었다.

라면 2인분 끓이기 훈련
2화

"오늘 버린 것은 팔도 비빔면 포장지다."

오늘은 비빔면을 끓였다. 비빔면과 함께 곁들여 먹기에 좋은 반찬은 각 얼음이다. 잘 익은 면을 젓가락으로 돌돌 말아 얼음에 비며 먹으면 일품이다. 지금은 물을 끓이고 있다. 물이 끓을 때까지 주의를 돌릴 만한 것을 찾는다. 냄비 앞에서 시집을 읽거나 시집을 읽거나 시집을 읽는다…. 그래서 물이 더디게 끓는 걸까. 다른 사람들은 라면 물이 끓을 때 무얼 할까? 어떤 모습일까? 찡그리고 있을까? 하하 웃고 있을까? 라면 물이 끓기를 기다리고 있는 백 명의 모습에 관한 다큐멘터리를 찍어도 좋을 것이다. 그 모습에 따라 인간을 분류해 보는 것이다. 자, 이제 물이 끓기 시작했다. 파란색 포장지에서 면을 꺼내 냄비에 풍덩 담갔다. 부글부글 끓는다. 그릇을 준비하고 소스 포장지를 살짝 찢어둔다. 채 썬 오이도 필수다. 이제 면이 다 익었다. 채에 걸러 찬물에 씻은 뒤 소스를 뿌려 얼음과 함께 비벼 한입, 먹으려는 찰나 길 잃은 영혼에게서 전화가 왔다. 전화를 놓쳤더니 문자가 한 통 왔다.

"SOS."

나는 전화를 걸었다. 길 잃은 영혼은 사주를 봤다고 했다. 어떻게 해야 자신의 운을 고칠 수 있나 궁금해서였다. 무당은 굿 따위 받지 말고 하나님에게 기도나 하랬다. 알라신도 괜찮댔다. 중요한 건 간절함이랬다. 간절함. 그래, 사랑을 할 땐 절박해선 안 되고 간절해야지. 구걸해서는 안 되고 요구해야 하는 거야,라고 생각하며 그녀는 자신을 다독였다. 길 잃은 영혼은 며칠 전부터 잠을 이룰 수 없었다고 한다. "응"이라는 그녀의 카톡에 답장이 오지 않았기 때문이다. 나는 그래도 싸다고 생각했다. 그녀는 너무 늦게 답장하지 않았는가? 타인의 기다림을 즐기다니. 타인의 기다림을 취업 준비에 이용하다니. 조급해진 길 잃은 영혼은 다음 날 "왜?"라고 보내려다가 "왜 불렀어"로, "왜 불렀어"를 "왜애?"로 수정해서 보내보았다(이것도 한 개인의 진화라면 진화일 것이다).

　　응 → 왜 → 왜? → 왜 불러? → 왜애?

　　보통 썸을 탈 때, 문자를 주고받는 속도는 첫 단추에 달려있는데 길 잃은 영혼의 행복 끌기 전법 때문에 다섯 시간이 디폴트값이 되어버려서, 상대방도 몇 시간 뒤에야 답장을 한 모양이었다. "잘 들어갔나 해서"라는 왠지 풀에 죽은 느낌의, 반은 체념한 듯한 답장이 왔다. 그런데 길 잃은 영혼은 이 답장에 또 오들오들 떨었다. "왜 대화를 이어갈 수 있게 답장하지 않는 거야? 잘 들어갔다고 말하면 대화가 끝나잖아! 나에게 관심이 없는 게 분명해!" 나는 친구의 불안 때문에 정신적으로 쇠약해지고 있었고 이미 팔도 비빔면은 불대로 다 불어버렸다.

"좀 행복하려고 할 수 없어?" 나는 따졌다.

나에게 전화를 걸었던 밤, 길 잃은 영혼은 잠을 잘 자지 못했다고 한다. 간밤에 깼는데 문득 집이 깊은 강에 잠겨 물살에 쓸려갈 것만 같았다는 것이다. 그녀는 집이 쓸려가지 못하도록 뭔가로 붙잡아야겠다고 생각했다. 일단 거실 불을 켰다. 그러자 연극의 장면이 떠올랐다. '집을 말려야 해.' 그녀는 생각했다. 그녀는 에어컨과 선풍기를 틀었다. 소파에 가지런히 누웠다. 그녀는 천장을 응시하며 집안의 물기가 마르는 장면을 머릿속으로 천천히 그려 보았다. 선풍기가 삐걱대며 돌아갔다. 조금씩 강물이 마르고 서서히 물 위로 집이 모습을 드러내는 것 같았다. "집이 햇볕에 마르고 있어." 그녀는 중얼거렸다. 스르르 눈이 감겼다. 불행인지 다행인지 생활문화지원실의 꿈은 꾸지 않았다. 대신 잠들기 직전까지 그녀는 희미하게 연극에 나온 화재 경보를 상상했다. "안전합니다. 동요하지 마세요…. 동요하지 마세요…." 그 말은 자장가처럼 길 잃은 영혼의 눈꺼풀을 감겨 주었다.

그 후 며칠 뒤, 나는 길 잃은 영혼의 또 다른 SOS 전화를 받고 외출했다. 그 사이 며칠간 둘은 연명에 가까운 연락을 주고받았다고 한다. "응. 왜?", "머해?" 따위의 2음절 대화로 연명하는 이들이었지만 용케도 약속을 잡은 모양이다. 이 비겁자들은 기특하게도 일주일이나 걸려서 약속을 잡는 데 성공했다.

금요일에 만나기로 약속했는데 길 잃은 영혼은 이미 목요일에 녹초가 되었다. 수요일에 약속을 잡았는데 목요일에는 연락이 오지 않았던 것이다. "금요일에 만나기로 했는데 뭐가 불안한 거야? 불안하면 네가 연락하면 되잖아" 하고 나는 물었다. 그녀는 목요일에 연락이 오지 않는다는 사실을 금요일 약속을 취소하겠다는 의미로 받아들였다. 그리고 금요일이 오자 불안이 극에 달아 '야' 하고 먼저 문자를 보냈다. 그리고 생활문화지원실은 다음과 같이 답했다.

"○○○○○"
(○○○○○이 그 인간의 최선이었을까?)

물론 '○○○○○'은 길 잃은 영혼의 성에 차지 않았다. 그녀는 자신의 동생에게 문자를 보여주며 물었다. "동생아, 어떻게 너는 네 애인과 그렇게 오래 잘 사귀니? 연락은 어떻게 해? 나도 좀 보여줘 봐." 동생은 대답했다. "우선, 지랄을 번갈아가며 하는 게 중요해. 동시에 지랄을 하면 이별행인데, 지랄을 하는 타이밍과 각도가 잘 맞으면 오래 사귈 수 있어. 그게 궁합이라는 것이지." 중요한 건 사이좋게 지랄을 나눠 갖는 것이다. 한 놈이 지랄할 때 다른 놈이 풀어주고 한 놈이 지랄할 때 다른 놈이 달래주는 식으로. 결국 사랑은 배분과 균형의 문제인지도 모른다. 그런데 아뿔싸. 동생은 쓸데없는 조언을 하고 만다. "○○○○○"라는 답장을 보고서 동생은 말했다. "와… 내 애인이 그러면 빡칠 것 같은데?", "그래…? 내가 불쾌해도 되는 거 맞지?", "당연하지! 어서 이렇게 보내. '답장하는 거 봐라'라고."

동생의 조언을 받아들인 결과

나는 이 얘기를 듣고 흥분하며 따졌다.

"야! 아직 사귀는 사이도 아닌데 벌써부터 지랄하면 안 되지… 지랄은 연인들의 특권이라구…."

그러나 여차여차하며 이 비겁자들은 약속대로 금요일 저녁에 만나 치즈 폭포 닭갈비(가운데에 치즈가 강을 이루고 있는데 퐁듀처럼 찍어 먹으면 일품)를 먹고 노래방에 간 뒤 맥주를 마시고 모텔에 갔다(세상에, 어디서 그런 용기가!).

그런데 길 잃은 영혼은 못 볼 걸 보았다. 상대방의 허벅지에서 키스 마크를 보고 말았던 것이다.

라면 2인분 끓이기 훈련
3화

"오늘 버린 것은 두 개의 라면 봉지다."

오늘은 2인분의 라면을 끓인다. 2인분의 라면을 끓이는 일을 연습하기로 마음먹었기 때문이다. 친구네 집에서 라면을 끓인 적이 있었다. 친구가 장을 보러 간 사이 나는 라면을 끓였다. 그런데 1인분밖에 끓여본 적이 없기 때문에 라면 물을 조절하기 어려웠다. 라면 1인분에게 한 짓에 정확히 두 배를 하면 될 것 같은데, 그러면 맛이 없었다. '1+1=2'라는 법칙은 라면의 세계에서 통용되지 않기 때문이다. 2인분의 라면 물은 1인분의 두 배가 아니라 1.47배에서 1.78배 사이의 오묘한 어딘가에 있다. 그런데 물의 양이 왜 줄어드는 것일까? 왜 두 개의 라면을 끓일 때는 두 배의 물보다 더 적은 양으로 충분한 걸까? 두 명이 모이면 물값도 절약되나? 라면의 세계에서는 '1+1=1.47'이라는, 그러니까 일종의 워터 디스카운트 제도 같은 게 있나? 둘이 모이면 왜 덜 필요하지? 둘인 적이 없어서 모를 수밖에. 나는 아슬한 감각에 의지해 라면 물을 맞추었다. 당시에 나는 들키기 싫었다. 2인분의 라면을 끓일 때, 물을 얼마나 넣어야 하는지 모른다는 사실을.

그때 끓인 2인분의 라면은 쫄면이 되었다. 그리고 오늘, 미래를 대비해 2인분 라면 끓이기 예비 훈련을 해본다. 커다란 냄비를 꺼내 모종의 감각에 의지해 물을 붓는다. 라면 포장을 뜯어 면을 꺼내고 스프 봉지를 찢었다. 물의 양이 늘어났기 때문에 끓을 때까지 더 많은 시간을 기다려야 한다. 시간도 때울 겸 길 잃은 영혼의 이야기로 돌아가자.

"잘 기억해 봐. 그 키스 마크 네가 만든 거 아니야?" 내가 물었다. 생활문화지원실의 허벅지에서 키스 마크를 본 길 잃은 영혼은 고개를 절레절레 저었다. "그냥 붉은 반점일 수도 있잖아" 내가 물었다. "아니야" 길 잃은 영혼은 확신하려고 들었다. "그럼….." 내가 말했다. "그냥 버려." 물론 길 잃은 영혼은 그 사람을 그냥 버리지 못했다. 기묘한 방식으로 버렸다.

이제 물이 끓는다. 라면 두 개를 넣었다. 길 잃은 영혼이 사람을 버리는 길고 기묘한 이야기는 면이 익을 때로 미뤄놓고 이즈음에서 '사랑과 자격'에 관한 작은 이야기, 그러니까 길 잃은 영혼에게 필요한 어떤 이야기를 꺼내보려고 한다. 여기서 또 다른 나의 친구 흡연구역을 소환하는 것이 좋을 것 같다. 누군가를 너무 사랑하면 바라는 것이 점점 줄어들어 최소한이 된다고 흡연구역은 말했다. 사랑을 놓아야 하는 순간이 다가올 때 준비해야 하는 것은 소망 축소술이다. 예전에는 마땅히 바라던 것들 (연락, 소풍, 밥 먹기, 베개 싸움, 기타 등등)을 하나씩 줄이는 것이다. 예전에는 이틀에 한 번 만나는 것을 바랐다면, 나중에는 이틀은 고사하고 2주에 한 번이라도 봤으면, 하고 바라게 된다. 예전에는 연락을 자주 하기를 바랐다면, 언제부터는 연락은 고사하고 내 연락이라도 받았으면, 하고 소망이 변질된다. 소망이 점진적으로 줄어들어 이윽고 아주 낮은 단계, 그러니까 그 사람이 나를 사랑하는 것은 고사하고, 그 사람을 만나기라도 할 수 있다면… 하고 바라는 상태가 되기도 하는 것이다. '쪼그라짐'이라고 명명될 수 있는 존재의 어떤 슬픈 상태. 소망의 등급을 점차 낮추는 것, 내가 덜 원하도록 추스르며 종국엔 소망이 자연사하도록 그 곁을 지키는 것이 애도인지도 모르겠다.

길 잃은 영혼은 생활문화지원실이 자고 있을 때 모텔 방을 기어 나왔다. 새벽 거리를 거닐며 휘파람을 불었다. 문득 홀가분했다. 어쩌면 길 잃은 영혼이 원한 것은 사랑을 끝낼 절호의 기회였는지도 모른다. "키스 마크가 있더라고…" 슬픈 와중에 안심을 하며 그녀는 내게 말했다. "그래서?", "그래서 차단했어.", "뭐?", 어쩌면 그녀는 사랑이 두려워 사랑에 빠지지 않을 핑계가 필요했던 건지도 모른다. "그래도 사실이 아닐 수도 있잖아. 생활문화지원실에게도 기회를 줘야 하는 게 아닐까?" 나는 물었다. "차단하니 너무 좋아. 이제 안 불안해. 이렇게 좋은 거였나? 불안하지 않은 게? 뭣 하러 여태껏 이렇게 불안해 했지?" 그녀가 말했다. "불안하지 않은 대가가 있잖아.", "그게

뭔데?", "행복의 중지." 어쩌면 불안의 반대말은 마음의 평화가
아니라 삭막함인지도 모른다.

  그러나 이틀도 되지 않아, 자신이 잃은 것이 용기 내어 잡아
야 할 진정한 사랑이었을지도 모른다는 생각이 들자 길 잃은 영
혼의 가슴은 미어지기 시작했고, 만회하고 싶은 마음에 가슴을
쥐어뜯었다. 게다가 독감에도 걸리고 말았다. 이 와중에 왜 하
필 독감까지 얻어걸렸을까?

라면 2인분 끓이기 훈련
4화

"오늘 버린 것은 영혼이다."

생활문화지원실은 '힘들다'라는 말보다 '버겁다'라는 말을, '지내다'라는 말보다 '버티다'라는 말을 선호했다. 그는 그런 사람이었다. 단원들은 그의 목소리가 아파트 안내 방송에 가장 적절하다고 판단했다. 낮은 중저음의, 사무적이고 무뚝뚝한 그의 목소리는 "동요하지 마세요"라는 대사와 퍽 어울렸다. 생활문화지원실이 극에서 맡은 역은 주인공 현창의 친형인 현구였다.

"방금, 비화재 경보로 경보가 송출되었습니다. 현재 조치 중에 있으니 동요하지 마세요. 생활문화지원실."

그는 안내 멘트를 자주 연습했다. 녹음이니까 대본을 보고 읽어도 되는데 알 수 없는 긴장감을 느꼈다. 종이에 적힌 문장은 요동치는 강물을 떠다니는 작은 나뭇가지 같았다. 정작 무대에서 다른 대사를 할 때는 전혀 긴장하지 않았다.

모텔에서 푹 자고 일어난 생활문화지원실은 공기가 휑하다는 인상을 받았다. 누군가 같이 있을 때는 이산화탄소와 산소를 공유하기 때문에 눈을 감고 있어도 곁에 누군가 있다는 걸 느낄 수 있다. 기체의 움직임이 서로에게 전달되기 때문이다(그것이 '인기척'의 의미인지도 모른다). 어둠 속에서 눈을 떴을 때 그는 아무것도 보이지 않았지만 방금 누군가 공간을 빠져나갔다는 사실을 감지할 수 있었다. 서럽고 공허했다.

생활문화지원실은 그날 오전 열한 시에 모텔에서 나와 신촌 거리를 배회했다. 말없이 모텔을 빠져나간 것은 완곡한 거부의 메시지인 것이 분명했고 그는 그녀를 성가시게 하고 싶지 않았다. 하지만 용기를 내 문자를 남겼다. "할 말이 있어! 잠시 전화 가능할까?" 그러나 답장이 없었다. 허벅지의 키스마크를 빌미 삼아 그를 차단해 둔 상태였기 때문이다.

'역시나 애인이 있었던 거야. 바로 그 사람과…' 하고 생활문화지원실은 생각했다. 왜냐하면 그는 극중 주인공 현창과 길 잃은 영혼 사이에 흐르는 어떤 연애 기류를 감지하고 있었기 때문이었다. 쉬는 시간에 길 잃은 영혼이 소파에 앉아 있는 현창에게 다가가 카라멜 마끼야또를 사다 주는 모습을 목격했는데, 알고 보니 그 음료수에는 "사랑한다면 다시 한번"이라는 광고 문구가 적혀있었다. 좌우간 서로를 차단하든 외면하든 그들은 연습실에서 만나게 되어 있었다.

길 잃은 영혼은 머리를 높게 묶었다. 다시는 휘둘리지 않겠어! 투지를 다지며 지하철로 향했다. 그리고 생활문화지원실은 바닥이 꺼지도록 한숨을 푹푹 쉬며 버스를 탔다. 그날 그들의 운명은 결정되었을까? 연습실의 한쪽 벽면은 거울로 되어 있다. 그래서 누군가를 정면으로 보지 않고도 볼 수 있었다. 커다란 거울과 함께 산다는 건 종일 우리 모두가 나오는 티브이를 켜놓고 사는 것과 비슷하다. 그러니까 그는 봤다. 현창과 길 잃은 영혼을.

연습을 마치고 사람들은 이런저런 대화를 주고받고 있었다. 길 잃은 영혼은 한쪽 벽에 던져둔 자신의 가방에서 뭔가를 찾고 있었다. 그때 현창은 탈의실에서 청재킷을 챙겨 나오며 "먼저 가볼게요" 하고 말했다. 그는 언제나 한 명 한 명과 모두 눈을 맞추며 인사했다. 그는 붙임성 있는 사람이었다. 생활문화지원실은 벽면의 어두운 의자에 앉아 거울을 통해 상황을 지켜보고 있었다. 생활문화지원실의 심장이 콩콩 뛰기 시작했다. 현창이 단 한 명에게만 인사를 하지 않았던 것이다. 바로 길 잃은 영혼에게만.

'따라나가지 마!'

그는 속으로 애원하며 거울을 통해 초조하게 상황을 지켜보았다. 그러나 거울은 그가 예상했던 바로 그 장면을 비추고 있었다. 공연히 가방을 뒤지던 길 잃은 영혼은 (그의 예상처럼) 가방에서 아무것도 꺼내지 않았다. 그저 꾸물거렸다. 들키지 않을 만큼 충분한 시간이 흘렀는지 재고 있는 것 같았다. 그리고 2분 정도 흐른 뒤, 그녀도 "먼저 가볼게요" 하고 나가버렸다. 2~3분의 격차를 두고 길 잃은 영혼과 현창이 따로 나간 행위만으로는 뭔가를 단정하기 어려웠다. 중요한 건 나갈 때 모두에게 인사한 그들이, 서로에게만 인사를 하지 않았다는 사실이 더 많은 것을 암시했다. 5분 뒤에 지하철 역사에서 만나기로 한 사람에게 "먼저 가볼게요"라고 말하는 사람은 없기 때문이다. 아무리 배우들이라고 하더라도 그런 연기까지 하면서 살 필요는 없으므로. 게다가 그녀는 나가기 전에 어두운 그늘에 숨어 있는 생활문화지원실에게 굳이 다가와 (보란 듯이) 눈인사를 했다. 그는 실망했다. 저 사람은 인사할 마음의 여유도 있구나!

길 잃은 영혼은 집에 가려고 신촌역으로 향했다. 물론 길 잃은 영혼과 현창은 뭣도 아닌 사이였다. 그러니까 그것은 생활문화지원실과 거울이 만들어낸 합작품이자 생활문화지원실의 내면이 빚어낸 생쇼였을 뿐이었다. 그러나 그 뒤에 이야기가 어떻게 흘러갈지 누가 알겠는가? 생활문화지원실은 그녀를 따라 나 갔다. 구글 항공 샷으로 내려다보았다면 연습실에서 신촌역까지 점 세 개가 일자로 걷고 있는 모습으로 나타났을 것이다. 셋은 각기 다른 시간에 나갔지만 그들 중 두 명은 같은 신호등 앞에 멈추었다. 그 둘은 누구였을까? 경우의 수를 따졌을 때 세가지 상황을 염두에 둘 수 있다. '현창 + 길 잃은 영혼', '길 잃은 영혼 + 생활문화지원실', '현창 + 생활문화지원실'. 누군지 모를 둘은 길가에서 이상한 것을 보았다.

편의점에 물류를 제공하는 트럭이 길가에 정차되어 있었다. 냉동고가 달린 낮은 트럭이었다. 활짝 열린 옆문은 마치 짐승의 옆구리가 터진 것처럼 보였다. 흘러나온 냉기는 바닥을 타고 두 명의 발을 적셨다. "터진 옆구리에서 아름다운 영혼이 흘러나오는 것 같군…" 하고 현창이거나 생활문화지원실이거나 길 잃은 영혼인 사람이 생각했고, "영혼은 무거워서 바닥으로 가라 앉나 보군…" 하고 셋 중 하나가 생각했다. 둘은 그 앞에서 멈추었다. 냉동고에서 쏟아져 나오는 그것은 구름 같기도 하고 영혼 같기도 했다. 연극 연습을 마친 직후였기 때문에 시원한 바람이 필요했으므로 둘은 홀린 듯 더 다가갔다. 냉기가 그들의 다리를 타고 올라와 몸을 감싸는 순간 둘은 세상으로부터 잠시 감춰진 것 같았다. 심장에 한기가 돌았다. 그 둘이 누구였는지 알 길이 없지만, 길가에서 우연히 만난 냉기가 그들의 열기를 식혀준 것은 분명했다.

포옹한 다음 버려지다

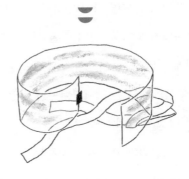

"오늘 버린 것은 케이크 무스 띠다."

오늘은 시를 썼다. 짧은 시를 쓰자고 다짐하고서 또 실패했다. 시를 쓸 때 이따금 불어나고, 불어나고, 불어나는 느낌에 시달린다. 사발에 담긴 물을(물은 꽉 차 있다) 조심스럽게 저쪽으로 가져가다가 엎는다. 쏟은 물은 주워 담을 수 없으니 증발하도록

내버려 둔다. 시를 식힌다. 그리고 잠시 누워 일기를 쓴다. 미친
듯이 우는 아기를 간신히 재우고 모처럼 자기 시간을 갖는 기분
으로.

　오랫동안 해질녘만 되면 갑자기 불안해지고, 거대한 상자에
갇힌 느낌에 시달려 왔다. 그런데 며칠 전, 우연히 해넘이 증후
군에 대해 알게 되었다. 선셋 증후군으로도 불리는 이 병은 치
매에 걸린 노인들에게서 흔히 나타나는 증상인데, 해가 지는 오
후 네 시에서 다섯 시경에(낮이 밤으로 이행되는 조짐이 나타나는
시간대에) 정신적 변화와 불안을 호소하는 병이다. 불안 증세만
보이는 것이 아니라 추론 능력과 집중력이 저하되기도 하며, 공
격성이 증가하고, 위치와 정체성 혼란을 보이거나, 편집증이나
환각 및 방황을 경험한다고 한다. 종결로의 이행을 암시하는 일
몰 시간대에 갑자기 눈에 띄는 변화를 보인다면 해넘이 증후군
을 의심해 볼 수 있다. 해넘이 증후군은 빛의 변화에 유발되기
때문에 조명을 적절히 활용해 환자가 어둠 속에서도 자신이 어
디에 있는지 알 수 있도록 도와주는 것이 좋다고 한다.

　어제는 해질녘에 알 수 없는 분노에 싸인 채 오들오들 떨다

가 이대로 끝나버리겠구나, 하는 생각이 들었다. 두려움을 두려워하는 나는, 두려움 그 자체가 된 채 온몸이 쪼그라드는 느낌에 시달렸다. 그런데 이 증상이 나타나면 암막 커튼을 쳐 완전한 어둠 속에 숨는 것이 도움이 된다. 밤이 되었다는 신호를 내 자신에게 보내는 것이다. 아주 밤이 되어버리면 진정되기 때문이다. 그러니까 애매한 빛이 나를 고통스럽게 하는 것이다. 낮도 밤도 아닌 애매함, 어디에도 소속되지 않고 이쪽과 저쪽에 애매하게 발을 걸쳐놓은 얌체 같고 야비한 빛. 이승과 저승 사이의 강에서 허우적대는 과도기적인 빛. 몇 시간 시달리고 나면 끝에는 포기에 가까운 안락함에 도달하는데, 이 느낌은 죽음에 관한 작은 생각으로 이어진다. 만일 죽는다면 비석에는 '예고편이었습니다. 다음 편에 계속…'이라고 적음으로써 다음이 있을 것처럼, 다시 나타날 것처럼, 돌아올 것처럼 굴어야지. 이런 공상을 하다가 집에서 뛰쳐나가 도서관으로 피신했다. 그렇게 며칠째 시를 쓰고 있다. 눈을 뜨면 도서관에 가고, 밥을 먹으러 집에 갔다가 어스름을 피해 도서관으로 다시 도망친다. 그렇게 밥 먹고 시 쓰고 밥 먹고 시를 쓰니 밥 먹고 시를 싼 느낌이 든다.

밤늦게 집에 돌아오니, 식탁에 케이크가 하나 놓여 있었다.

엄마가 어디서 받아온 것이었다. 초코 케이크였다. 나는 케이크가 맛있다고 느낀 적이 없다. 어렸을 적에 나는 케이크를 좋아하는 사람들이 연기를 한다고 믿었다. 케이크를 좋아한다는 사회적 가면을 쓴 거라고. 케이크를 먹은 어른들은 집으로 돌아가 가면을 벗고 부은 발을 주무르며 "아… 정말이지 케이크는 너무 맛이 없어. 맛있다고 맞장구쳐주는 나는 진짜 내가 아니야" 하고 자괴감에 빠진 뒤 먹은 것을 모두 토하고 자기 자신을 되찾게 된다고 상상했다.

"안 먹을 거지? 이거 땔래?"

엄마가 케이크의 옆면을 둥글게 감싸는 비닐을 가리킨다. 일명 무스 띠로 불리는 이것은 내가 케이크에서 좋아하는 유일한 부분이다(미안하다, 케이크야 너의 본질이 아닌 부분만 사랑해서). 무스 띠는 케이크가 모양을 유지하도록 도와주고(그러니까 그것이 그것이게끔 도와준다), 쉽게 무너지지 않게 지탱하고, 포장 케이스에 묻지 않도록 돕는다. 포장 이상의 기능이 있는 셈이다. 선물 포장은 감추는 데 목적이 있으므로 사실상 궁금증을 포장하는 것이라면, 케이크 비닐은 존재를 가리지 않도록 조심한다.

자신의 투명도를 최대로 올려 케이크가 가려지지 않도록 한다. 이것을 '없는 벽' 혹은 '없는 척하는 벽'이라고 부를 수 있다면, 이 벽은 벽의 기능은 하되 케이크가 벽에 가리지 않고 벽에 기댈 수 있게 한다. 무스 띠는 투명한 영혼을 가졌다. 여기까지 생각하니 투명한 색은 봉사에 일가견이 있는 듯하다. 한컴 색깔판에서 글씨를 제일 잘 보이게 하는 배경색은 '없음 색'이다. 빈 네모 곽에 빨간 대각선이 그어진 '색 없음'이라는 색. '색 없음'이라는 색은 완벽한 배경으로 물러나 글자만 도드라지게 한다. 완벽한 배경이 되는 것. 없는 척하고 우두커니 서 있기. 방해하지 않는 색. 좌우간 이런 나는 이 투명한 무스 띠를 떼는 스릴을 즐긴다. 이유는 모르겠지만 뗄 때 기분이 좋다. 경계가 불분명해서 케이크의 모양을 훼손하는 경우가 있지만, 요즘에는 어디서부터 뜯어야 하는지, 어디가 끝인지 알려주는 지점이 표시되어 있어 손쉽게 뗄 수 있다.

무스 띠는 자신이 아닌 존재가 무너지지 않게 돕도록 태어나 그것의 허리를 감싸고 아우르고 외부의 오염으로부터 보호한 뒤 깔끔하게 버려진다. 포옹만 하고 죽는다. 매일매일 케이크를 포옹하는 자. 포옹한 다음에는 깔끔하게 버려진다(이 대목에서 인어공주가 떠오르는 이유는 왜일까?).

　내가 좋아하는 스킨십 중 가장 좋아하는 스킨십은 포옹이다. 그런데 나는 왜 포옹을 제일 사랑하나. 어쩌다 그렇게 되었나. 별명이 '문어(성이 문 씨여서)'라서 그런가. 문어 빨판처럼 사지를 이용해 상대방의 몸뚱어리에 딱 달라붙어 있는 게 홍겹다. 원한다면 포옹은 아주 오래 할 수 있다. 포옹 부전 같은 건 없으니까. 그래서 포옹은 죽을 때까지 할 수 있는 장수 스킨십이다. 포옹에 대해 말하자 어떤 장면이 떠오른다. 한 사람이 자신의 애인과 포옹을 하고 있다. 그런데 한 명은 한 명을 껴안고 등 뒤에서 휴대폰을 하고 있다. 그것을 알아차린 한 명은 우리가 갈 때까지 갔구나, 하고 생각한다. 열렬히 싸우던 때보다도 더 멀리 갔다고. 그러니까 그 사람은 상대편보다 먼저 포옹 부전이 온 것이라고 생각하는 것이다.

세상의 연약함을 뚫고 자라난
두 개의 다리

"오늘 버린 것은 낡은 곰 베개다."

잠을 자지 않으면 어제를 오늘이라고 부를 수 있어서 잠을 자고 싶지 않다. 자꾸 지나간 것이 생기는 것이 슬픈 나는 오늘만 살고 싶다. 어제도 오늘이었으면 좋겠고 내일도 오늘이었으면 좋겠고 오늘도 오늘이었으면 좋겠다. 나에겐 미래도, 과거도 모두 '놓침'의 이미지로 다가온다. 그래서 잠을 자지 않고 어제를 질질 끌고 다녔다. 베개에 머리를 베는 순간 의식은 선명해지고 나는 보이지 않는 끈을 꽉 쥐고 있다. 아침까지 그 끈을 꼬옥 쥐고 있다. 보통 사람이라면 아침에 눈을 떴을 때 끈이 바닥에 떨어져 있을 것이다. 그러나 나는 놓치는 것을 잘 못하며 미련하게 어제의 끈을 붙들고 있다.

어제는 침대에 누워 세 시간 정도 뒤척이다 겨우 잠들었다. 미래에 대한 걱정과 과거에 대한 걱정, 현재에 대한 걱정 그리고 과거와 미래와 현재 사이사이에 끼어 있는, 시제도 알 수 없는 애매한 시간과 순간들도 꼼꼼히 걱정하느라 쉽게 잠을 이룰 수 없었다. 동이 트고 사위가 밝자 절박해지고 초조해져서 잠이 완전히 달아나 버렸다. 암막 커튼을 치고 안대를 썼다. 누가 나를 재워줬으면 좋겠다고 생각했는데 어느새 내가 나를 손바닥으로 토닥이고 있었다. 타인이 나를 토닥이는 것보다 효과가 있었다. 똑바로 누워서 배와 가슴을, 엎드려 누워서 엉덩이를 토닥였다. 졸릴 때 내가 내 몸을 토닥이는 건(1분만 해봐도 알겠지만) 상당히 귀찮고 번거로울뿐더러 힘이 든다. 내가 내 몸을 토닥이는 행위는 엄청나게 지루한 책을 읽는 것과 비슷한 효과를 발휘한다. 나는 어느새 스르르 잠들었다. 지루함으로 무장하면 잠들기가 수월한가 보다.

　　나는 나의 다독임이 지루해서 잠들었다.

　　나는 왜 잠을 자지 못할까. 나는 늘 불안하고 초조하다. 이유는 알 수 없다. 하지만 내가 사랑하는 사람들의 기분이 나아졌으면 좋겠다. 기분이라는 게 가장 중요하니까. 식욕, 수면욕, 성욕보다 앞서는 게 기분욕이니까. 기분이 모든 것의 기본이니까. 나는 사람들과 싸우지 않는다. 하지만 늘 싸워온 기분이 든다. 과거에도, 현재에도, 미래에도 그리고 과거와 미래와 현재 사이사이에 끼어 있는, 시제도 알 수 없는 애매한 시간과 순간에도 싸우고 있는 기분이다. 나는 늘 기분과 싸웠다.

　　어렸을 때 내 친구는 학교 앞에서 병아리를 한 마리 샀다. 문구점 아저씨가 비닐봉지에 병아리를 넣어주었다. 병아리는 비닐봉지에서 날뛰었다. 미친 듯이 발버둥치며 날려고 했다. 집에 도착하니 비닐봉지는 더 이상 부스럭거리지 않았다. 병아리는 더 이상 움직이지도 울지도 않았다. 두 다리가 비닐봉지를 찢고 아래로 삐죽 나왔던 것이다. 그때 병아리는 기분이 좋아 보였다고 한다. 기분이 좋다기보다는 기분이 안 좋지는 않아 보였달까. 병아리는 흐물거리는 바닥보다는 차라리 허공이 편했던 것이다. 비닐을 아주 찢어버리고 두 다리를 허공에 내맡기면 기분이 나아질까. 밟아도 밟는 기분이 나질 않는, 예측이 안 되는 바닥보다는 바닥 허공이 나을지도 모른다. 친구는 병아리에게 이름을 붙여주었다.

'이연뚤자: 이 세상의 연약함을 뚫고 자라난 두 개의 다리'

그 뒤의 이야기는 모른다. 친구는 병아리가 무서웠지만 병아리가 끔찍하게 소중했다고 말했다. 나는 이따금 잠이 오지 않으면 친구와 이연뚤자를 생각하며, 혼자 "삐약삐약" 하고 소리를 낸다. 텅 빈 내 방이 울린다. 그리고 지금 베고 있는 베개는 친구가 선물해준 베개다. 오랫동안 사용한 곰 베개는 집 먼지 진드기가 심해 천식을 악화시켰다. 그리고 천식 때문에 불면은 더 심해졌다. 그런데 이 사실을 안 지 몇 년이나 지났는데 곰 베개를 버리지 못했다.

친구가 준 베개 가장자리에 달린 '전기용품 및 생활용품 안전 관리법에 의한 품질표시'에 따르면 이 베개의 제조자명은 '좋은날'이고 판매자명도 '좋은날'이다. 제조 위치는 경기도 부천시다. 그러니까 경기도 부천시에 사는 좋은날이 만든 베개인 것이다.

나는 새 베개를 침대에 놔두고 곰 인형은 거실 소파에 놔두었다. 하지만 날이 밝도록 잠이 안 오면 슬금슬금 거실로 나와 낡은 곰 베개를 데리고 방으로 간다. 편하고 익숙하지만 건강을 위협하는 곰 베개를 끌어안고 잔다. 나는 익숙함을 끊어낼 수 없다. 두렵다. 다음 날 숨이 잘 쉬어지지 않아 낡은 곰 베개를 도로 소파에 가져다둔다. 하지만 버리지는 못한다. 엄마는 소파에 누워 있는 곰 베개를 가리키며 말했다.

엄마: 저거 버리자.

나: 안 돼…. 저건 비상용이야….

엄마: 새 베개가 있는데 왜 안 버려?

나: 새 베개에 적응하면 버릴게.

엄마: 안 버리면 평생 안 익숙해질 걸?

버리지 않으면 익숙해질 수 없구나. 나를 아프게 하는 것, 숨을 못 쉬게 하는 것을 왜 버리지 못할까. 나에게 해를 가한다는 사실을 알면서도 끈질기게 갖고 있다. 누군가를 끊어내지 못했던 것처럼, 어떤 기억을 잊지 못했던 것처럼, 어제를 버리지 못하는 것처럼.

엄마와 얘기를 나누고도 나는 베개를 버리지 못했고, 그날 역시도 잠이 오지 않았다. 그런데 방광염에 걸렸는지 수시로 오줌을 누러 화장실을 오가야 했다. 그런데 오줌을 누다가 생뚱맞게 미. 치. 도. 록. 살고 싶다는 느낌을 받았다. 이 느낌이 어디에서 왔는지 알 수 없었다. 미. 치. 도. 록. 살고 싶다는 느낌이 오줌인가? 내 방으로 돌아오는 길에 곰 베개를 보았다. 곰 베개는 추억이 많다. 그것은 나의 수면을 도왔고 나를 미소 짓게 했으며 동시에 나를 숨 막히게 했다. 나는 내게 말했다.

"비적응에 적응하자."

그리고 낡은 베개를 버리고, 새 베개를 벴다. 푹신하지만 익숙하지 않다. 시간이 걸릴 것이다. 괜찮다. 나는 베개에게 비적응이라는 이름을 붙여주었다. 베개에 적응하면 성을 떼고 이름만 불러 줄 것이다. "적응아~ 적응아~ 오늘도 내 수면을 도와줘. 악몽을 안 꾸게 도와줘."

나는 부천시에 산다는 좋은날이라는 사람을 떠올린다. 좋은날은 좋은 사람일 것이다. 좋은날이 만든 비적응도 좋은 놈일 것이다. 좋은날이 만들고 좋은날이 파는 비적응. 적응할 수 없었던 수많은 시간들, 적응할 수 없을 거라고 믿었지만 어느새 적응하게 된 사람들, 혹은 적응할 시간도 없이 증발한 것들, 끝내 적응하지 못한 것들, 그 남아있는 순간들을 이 베개가 함께 할 것임을 믿으며 잠들었다.

불안해서
오늘도 버렸습니다

초판 1쇄 발행 2020년 7월 20일
초판 2쇄 발행 2020년 7월 23일

지은이 문보영
펴낸이 권미경
편집 김건태
마케팅 심지훈, 강소연, 김재연
디자인 ROOM 501
일러스트 동글동글연이
펴낸곳 ㈜웨일북
출판등록 2015년 10월 12일 제2015-000316호
주소 서울시 마포구 월드컵로32길 22 비에스빌딩 5층
전화 02-322-7187 **팩스** 02-337-8187
메일 sea@whalebook.co.kr **페이스북** facebook.com/whalebooks

ⓒ 문보영, 2020
ISBN 979-11-90313-41-4 03810

소중한 원고를 보내주세요.
좋은 저자에게서 좋은 책이 나온다는 믿음으로, 항상 진심을 다해 구하겠습니다.

「이 도서의 국립중앙도서관 출판예정도서목록(CIP)은
서지정보유통지원시스템 홈페이지(http://seoji.nl.go.kr)와
국가자료공동목록시스템(http://www.nl.go.kr/kolisnet)에서 이용하실 수 있습니다.
(CIP제어번호: CIP2020025533)」